스틱 투 잇

Stick to It!

스틱 투 잇 STICK TO IT!

1판 1쇄 발행 2010년 12월 7일
1판 11쇄 발행 2011년 1월 10일

지은이 | 장영신

발행인 | 김재호
편집인 | 이재호
출판팀장 | 안영배

편집장 | 이기숙
정리 | 문영숙
아트디렉터 | 윤상석
디자인 | 박은경
마케팅 | 이정훈 · 유인석 · 정택구 · 이진주
교정 | 황금희
인쇄 | 중앙문화인쇄

펴낸곳 | 동아일보사
등록 | 1968.11.9(1-75)
주소 | 서울시 서대문구 충정로3가 139번지(120-715)
마케팅 | 02-361-1030~3 팩스 02-361-1041
편집 | 02-361-0992 팩스 02-361-0979
홈페이지 | http://books.donga.com

ISBN 978-89-7090-823-6 03810
값 13,000원

힘내! 포기하지마

Stick to It

스틱 투 잇

왜 '스틱 투 잇' *Stick to It!* 인가?

솔직히 이 책을 쓰는 내내 혼돈스럽고 걱정스러웠다. 세상의 통속적인 잣대를 들이대며 '성공'을 논하는 것은 아닐까 하는 우려를 지울 수 없었기 때문이다. 부디 내 이야기가 그렇지 않아도 치열한 경쟁속에서 살아가는 이 땅의 사람들에게 부담을 주지 않았으면 좋겠다.

기업을 경영한다는 것, 그것도 여자가 남성 위주의 대한민국 기업 환경에서 성공은 차치하고서라도 살아남는다는 것이 그리 녹록하진 않았다. 워낙 치열한 전쟁터 같은 곳이어서 아등바등 살아온 내 삶이 간단하게 받아들여지지는 않을 것 같다.

이 책 '스틱 투 잇STICK TO IT!'은 단지 한 기업경영인의 성공기가 아니다. 물론 어떻게 받아들이는지는 읽는 이의 몫이기는 하지만, 이 책은 어떤 어려움이 있어도 끝까지 포기하지 않고 주어진 삶을 열심히 정직하게 살아낸 기록으로 받아들여졌으면 하는 바람이다.

나는 내게 닥친 운명 앞에 굴복하는 대신 일어설 힘을 얻기 위해 노력하고, 난관에 부닥칠 때면 좌절하는 대신 어떻게든 헤치고 나오려 애쓰다보니 여기까지 올 수 있었다. 내가 특별히 남보다 강하거나 잘난 사람이어서가 아니라 이 길이 아니면 안 된다고 믿었기 때문이다.

워낙 드라마틱한 삶이었지만 이제 와서 지나온 길을 되돌아보니 '신은 인간이 감당할 수 있을 만큼의 시련만을 준다'는 말이 진리였음을 새삼 깨닫는다. 남편의 느닷없는 죽음으로 올망졸망한 네 아이와 함께 남겨졌을 때는 나 혼자만 이 모진 고통을 당하는 것 같았고, 어떻게 세상을 살아가야 할지 막막하기만 했다.

간신히 용기를 내 세상 밖으로 나섰을 때는 주위환경이 유독 나에게만 불친절하고 험난한 것 같아 차라리 주저앉고 싶은 나날이었다. 하루하루를 힘들게 보내다가 집에 돌아와 잠자리에 들 때면 아침에 해가 뜨지 않기를 바랐다. 이대로 일어나지 못했으면 좋겠다는 생각을 한 적도 있다.

그러나 시련을 줄 때 그 시련을 이겨낼 튼튼한 심장과 어깨도 함께 주는 법인지 죽기살기로 최선을 다하다보면 저 멀리에서 출구가 보이곤 했다.

삶의 무게는 저마다 다르겠지만 삶이 무거우면 무거울수록 그만큼 감당할 힘이 주어진다는 믿음을 가질 수만 있다면 그래도 해볼 만하지 않을까 싶다.

내가 살아온 이 길은 무한경쟁을 부추기는 현대 사회에서 또 하나의 성공전략을 제시하고자 하는 것이 아니다. 내 삶의 화두가 사업이었기에, 사업을 하면서 겪어야 했던 치열했던 순간과 아픔, 아쉬움을 이야기하고 기쁨과 감사의 순간들까지 솔직하게 말하는 것은 후배들에게 "힘내라"고, "포기하지 말라"고 따뜻하게 등 한번 어루만져주고 싶은 마음에서다.

이 순간 시련 앞에서 고개를 떨구고 있는 사람, 자신을 나약하다고 생각해 용기를 내지 못하는 수많은 여성, 그리고 지금보다 나은 삶을 꿈꾸는 모든 이에게 내 이야기가 위안이 되고 힘이 되었으면 한다.

그래서 책장을 덮은 후 '아, 힘든 상황에서도 끝까지 포기하지 않고 긍정적인 생각으로 꾸준히 노력하면 뭔가를 해낼 수 있구나' 하는, 어찌 보면 단순한 희망의 공식을 얻을 수 있다면 그보다 더 큰 보람은 없을 것 같다.

2010년 12월

장 영 신

차례

3장
남자처럼 생각하고 여자처럼 일한다 Stick to It!

4장
성공을 꿈꾼다면 자기 자신부터 경영하라 Stick to It!

1장

•

원하는 것을
이루고자 한다면

Stick to It !

새로운 삶에 도전하는 것은 누구에게나 어렵고 두려운 일이다. 그
렇다고 포기한다면 변화의 기회조차 얻지 못한다. 사회생활 경험도
전혀 없이, 네 아이의 엄마에서 우리나라 최초의 여성경영인이 되
기까지 두려움과 편견이 끝없이 앞을 가로막았으나 사업에 인생을
걸 겠 다 는 오 직 한 뜻 으 로 도 전 을 멈 추 지 않 는 다 .

위기는 점프할 수 있는
절호의 기회

회의실의 공기는 한없이 무거웠다. 어느 누구도 묘안이 떠오르지 않는 듯 여기저기서 낮은 한숨소리만 들려올 뿐이었다.

"그럼 이대로 공장 불을 꺼야 한다는 말입니까?"

"…."

"일본이 안 되면 미국 쪽에라도 부탁해볼 수 있지 않을까요?"

"미국은 우리와 거래관계도 없는데 어디에 부탁하겠습니까?"

"미국에서 가장 큰 석유회사가 걸프사 아닙니까?"

"맞습니다만 걸프사가 뭐가 아쉬워서 우리를 도와주겠습니까?"

"어떤 일이 있어도 공장 가동을 중단할 수는 없습니다. 지푸라기라도 잡아야지요."

1973년 말부터 전 세계를 휩쓴 제1차 오일쇼크(석유파동)가 회사의 숨통을 조여오고 있었다. 회사 전체가 흔들렸지만 가장 먼저 직격탄을 맞은 곳이 울산석유화학단지에 있던 삼경화성(현 애경유화)이었다. 비누사업과 함께 애경의 주력사업 중 하나인 화학원료사업을 담당하던 삼경화성이 공장을 가동한 지 채 1년도 안 돼 절체절명의 위기를 맞고 말았다. PVC와 페인트의 원료인 오쏘자일렌을 일본에서 전량 수입하고 있었는데 오일쇼크로 원유가격이 5배 이상 폭등하면서 원료공급이 중단될 위기에 처했던 것이다.

원료공급이 중단되면 당장 공장의 불을 꺼야 하는 것도 문제였지만 더욱 심각한 것은 꺼진 불을 다시 켜는 데 소요되는 막대한 비용이었다. 그런데 원료가 공급되지 않아 앞으로 1주일 후면 공장의 불을 꺼야 하는 급박한 상황이었다.

회사 경영을 맡은 후 처음 맞는 위기가 하필이면 불가항력의 오일쇼크라니 내게 닥치는 일은 왜 이다지도 가혹한가 싶은 원망마저 들었다. 그렇지 않아도 아무것도 모르는 여자가 경영을 맡았다며 온통 불안해하고 불만스러워하는 사람들 속에서 편치 않은 나날을 보내던 참이었다. 경영자로서의 자질을 검증받는 첫 번째 시험대나 마찬가지였지만 그처럼 불가능해 보이는 일을 내가 해내리라고 기대하는 사람은 아무도 없었다.

그러나 하루하루 바닥을 드러내는 원료를 생각하면 한시가 급했다. 유일한 희망은 걸프사밖에 없었다. 일본은 걸프사로부터 나프타를 공급받고 있었고, 우리는 일본으로부터 오쏘자일렌을 공급받고 있었으므로 걸프사에 물물교환 중개요청을 할 셈이었다. 물론 걸프사가 우리 요청을 들어줄 가능성은 극히 낮았다. 우리와는 거래관계도 없었던 데다 무엇보다 걸프사에 돌아갈 이득이 없었기 때문이다.

경험 많은 경영자였다면 걸프사를 설득할 수 있는 보다 확실한 전략을 세웠겠지만 당시 내게는 그럴 만한 역량도, 여유도 없었다. 대신 기업을 운영하는 것도 사람의 일이므로 우리 사정을 솔직하게 설명하고 상식적인 선에서 이해를 구하면 안 될 것도 없다는 생각을 했다.

'나프타나 오쏘자일렌이나 모두 석유를 원료로 하는 물질 아닌가? 우리 공장의 불이 꺼지면 걸프사로서도 장기적으로 수요기업 하나를 잃는 셈이니까 내 부탁이 그리 황당할 것도 없겠지.'

그야말로 내가 편한 대로만 해석한 아전인수식 상황판단이었지만 당시는 그런 생각이 용기를 북돋는 데 큰 도움이 됐다. 당장 유공(대한석유공사)과의 합작관계로 한국에 파견돼 있던 걸프사의 미국인 사장과 영업담당부장을 만났다.

"지금 원료공급이 중단되면 언제 다시 공장을 가동하게 될지 알 수 없습니다. 그러니 걸프사에서 나프타와 오쏘자일렌을 물물교환할 수 있는 일본 기업을 찾아 주선해주십시오."

"그런 일을 왜 우리한테 부탁하십니까?"

"삼경화성은 한국의 석유화학사업 발전에 크게 기여할 기업입니다. 한국의 석유화학사업이 발전해야 걸프사에도 이익이 될 게 아닙니까?"

한동안 정적이 흘렀다. 그처럼 당돌한 요구를 어떻게 받아들여야 할지 당혹스러워하는 기색이 역력했다. 내심 거절당하면 어쩌나 불안하고 초조했지만 겉으로는 마치 당연한 요청인 듯 애써 자신만만한 태도를 유지하고 있었다.

한참 후 영업담당부장과 몇 마디 말을 주고받던 걸프사 사장의 눈이 똑바로 나를 향했다. 그러고는 마침내 애타게 기다리던 말이 그의 입에서 흘러나왔다. "좋다. 도와주겠다"는 답변이었다.

석유화학업계에서는 보기 드문 여자사장이, 그것도 유창한 영어로 당당히 요구하자 그들의 마음이 쉽게 움직였을 수도 있고 우리 회사를 미래의 거래처로 생각해 도와준 것일 수도 있지만, 어쨌든 미국의 대기업이 당장 이득도 없는 일에 발 벗고 나서준 것은 상당히 이례적인 일이었다. 그렇게 걸프사의 주선으로 일본 미쓰비시 가스화학을 소개받아 원료를 차질 없이 공급받음으로써 회사를 위기에서 구해낼 수 있었다.

객관적인 기준으로만 보자면 당시 내가 그 일을 해낸 것은 기적에 가까웠다. 초보 경영자가 감당하기에는 상황이 심각했고 나를 제외하고는 어느 누구도 걸프사를 통해 우회적으로 원료를 구할 수 있으리라고 믿지 않았기 때문이다. 게다가 초보 여자사장이 걸프사를 상대로 그런 담판을 지으리라고 생각한 사람도 없었다.

그러나 나는 초보 경영자이기 이전에 회사를 살려야 하는 막중한 책임을 진 최고경영자였고 여자사장이기 이전에 회사의 대표였다. 자신이 없다고 해서, 경험이 부족하다고 해서 물러설 수 있는 처지가 아니었다. 그리고 모두가 비관적으로 여겼던 그 일을 성공적으로 해결함으로써 나는 처음으로 경영자로서의 능력을 인정받을 수 있었고 자신감도 얻을 수 있었다.

무거운 책임감으로 인해 용기를 낸 셈이었지만 그 일을 겪으며 깨달은 것이 지식이나 경험보다 중요한 것은 도전하는 자세라는 사실이었다. 당시 내가 유능한 경영인이었다고 해도 걸프사를 통한 문제해결방식에 도전하지 않았더라면 회사는 꼼짝없이 위기에 빠지고 말았을 것이다. 물론 도전이 실패했다고 해도 결과는 마찬가지였을 테지만 중요한 것은 도전을 통해 결과를 바꿀 수 있는 기회를 얻었다는 점이다. 가능성이 아무리 희박한 일이라고 해도 도전하는 사람에게는 희박한 가능성이라도 있지만 시도조차 하지 않는 사람에게는 그 희박한 가능성마저 없기 때문이다.

연예인이나 어려운 시험을 통과한 사람들의 성공담을 들어보면 수천 대 일, 수만 대 일의 경쟁률을 뚫었다는 내용을 흔히 접할 수 있다. 요즘처럼 취업이 어려운 시대에는 취업 경쟁률도 만만치 않다. 이런 소식을 접할 때면 그 엄청난 경쟁률을 뚫었다는 사실보다 그처럼 어려운 관문에 도전할 용기를 냈다는 사실이 더 대단하게 느껴지곤 한다. 도전을 통해 스스로의 능력과 가능성을 시험해보려는 열정과 패기가 느껴지고, 희박한 가능성에 최선을 다하는 긍정적인 자세가 숭고해 보이기까지 하기 때문이다.

　나 또한 경영이라는 두려운 목표에 도전하지 않았더라면 경영자로서 나를 성장시킬 기회도 없었을 것이라는 생각이 든다. 경영에 도전함으로써 경영자로서의 자질과 능력을 갖추기 위해 최선을 다할 수 있었고, 내게 맡겨진 업무를 처리하는 과정을 통해 경험과 실력을 쌓을 수 있었다.

　운전면허증이 있어도 실제 운전에 도전하지 않으면 운전 실력을 향상시킬 기회는 영원히 오지 않는다. 좋은 회사에 취직하고 싶으면 취직시험에 도전해야 하고, 부자가 되고 싶으면 재테크에 도전해야 기회도 생기는 법이다. 하고 싶은 일, 해야만 하는 일이 있다면 도전부터 하는 자세, 이것이 바로 새로운 일을 가능케 하는 첫 번째 원칙이다.

처음이자 마지막으로
흘린 눈물

"살림만 하다가 어떻게 기업 경영에 뛰어들 결심을 하셨습니까?"

예나 지금이나 나를 처음 만나는 사람이면 예외없이 궁금해하는 것이 평범한 주부가 어떻게 기업 경영에 도전할 '용기'를 낼 수 있었느냐는 것이다. 사실 평범하기만 한 일상이 계속되었다면 아무 일도 일어나지 않았을 것이라는 생각이 든다. 평생 한 남자의 아내로, 아이들의 엄마로 살아갈 줄 알았고 내 삶을 바꿔보고 싶다는 생각조차 해본 적이 없었으니까.

그러나 경영 참여를 결심할 당시 나는 이미 평범한 주부가 아니었다. 남편이라는 든든한 버팀목을 잃어버린 여자였고 올망졸망한 아이가 넷이나 딸린 어깨 무거운 가장이었다. 생각해보면 내가 바꾸려고 하지 않았던 삶을 운명의 힘이 바꿔준 것이 아니었나 싶다. 내 의지를 시험하려는 듯 운명은 남편의 죽음이라는 절망 속으로 나를 몰아넣었다.

애경의 창업주였던 남편(채몽인)의 사망 소식을 들은 곳은 기가 막히게도 산부인과 병실이었다. 막내아들을 낳은 지 3일째 되던 날이었다. 그날 내가 다니던 성당의 피터 양 신부님이 포도주 한 병을 들고 병실에 들어섰다. 축하인사차 오신 줄 알고 반가운 마음으로 맞았는데 신부님의 표정이며 말투가 심상치 않았다. "너에게 인생을 새로 시작할 기회가 왔다"느니 "하느님만이 의미를 아실 뿐 지금 우리가 판단할 수는 없다"느니 하며 온통 종잡을 수 없는 신부님의 말씀을 한참 듣다 보니 남편이 세상을 떠났다는 얘기였다.

이 얘기가 꿈속의 일이기를, 아니 신부님의 말씀이 그저 농담이기를 애타게 바랐으나 엄연히 내게 닥친 현실이었다. '하늘이 노랗다'는 말이 어떤 느낌인지 그날 처음 실감했다. 임종조차 지켜보지 못한 남편의 죽음 앞에 슬퍼할 틈도 없이 올망졸망한 네 아이의 얼굴부터 떠올랐다. 남편 없이 살아갈 내 인생보다 아버지 없이 살아갈 아이들의 인생이 애처롭고 안타까워 어미로서 가슴이 찢기는 듯했다.

"지금이야 하늘이 무너진 것 같겠지만 이 일이 불행으로 끝날지 아닐지는 너 하기에 달렸다. 나쁜 일인지 좋은 일인지 지금 우리가 판단해서는 안 되고 아무리 절망에 빠졌다 해도 정신만 바짝 차리면 반드시 살아날 길이 보이는 법이다. 너에게는 지금 슬퍼할 겨를이 없다. 어린아이들을 위해 정신을 차려야 한다. 그러면 반드시 하느님이 도와줄 것이다."

넋을 놓고 있던 나를 위로하려 애쓰는 신부님을 나는 그저 멍하니 바라볼 수밖에 없었다. 1970년 7월 12일, 그러니까 막내아들을 낳은 지 사흘째 되는 날 아침에 남편이 심장마비로 세상을 떠났다고 했다. 짐작이라도 했던 죽음이었다면 그처럼 심한 충격은 받지 않았을 것이다. 평소 감기 한 번 앓지 않던 건강한 사람이었다. 사망 전날에도 큰아들 형석이와 다음 날 아침 등산을 가기로 약속하고는 평소와 다름없는 모습으로 잠자리에 들었다가 아침에 영영 깨어나지 못하고 말았던 것이다.

남편의 죽음 이후 나는 두문불출한 채 아이들하고만 시간을 보냈다. 갓난아이부터 여섯 살, 일곱 살, 열 살까지 한창 손이 많은 가는 아이들이 있어 다행스럽게도 시간은 빨리 가는 편이었다. 그래도 문득문득 남편의 빈자리가 허전하고 아이들과 함께 살아갈 날이 까마득해 나도 모르게 멍해지는 순간들이 있었다. 그해 가을 어느 날에도 나는 집 앞에 앉아 오가는 학생들의 모습을 넋 놓은 채 바라보고 있었다.

"엄마, 걱정 마. 이 앞에서 학생들 상대로 뽑기장사 하면 되잖아."

곁에서 들리는 목소리에 퍼뜩 정신을 차리고 보니 잔뜩 걱정스러운 표정으로 큰아들 형석이가 나를 내려다보고 있었다. 넋을 놓고 있는 내 모습이 돈 걱정을 하는 것으로 보인 모양이었다. 그런 아들이 대견하고 안쓰러워 나도 모르게 와락 끌어안고는 펑펑 울었다. 남편의 죽음 이후 처음이자 마지막으로 흘린 눈물이었다. 그 눈물을 끝으로 다시는 울지 않으리라 다짐했다. 나는 남편을 잃은 불행한 여자가 아니라 네 아이를 키워내야 하는 무거운 책임을 진 엄마라는 사실을 그날 새삼 깨달았다.

세월이 흘러 슬픔에 무뎌지기를 막연히 기다리는 대신 절망을 딛고 꿋꿋이 일어서는 강인한 엄마가 되기로 했다. 나보다 더 혹독한 시련과 불행을 극복해낸 사람들도 얼마든지 있는데 남편을 잃었다고 세상이 끝난 듯 주저앉아 있을 수는 없었다. 애경을 두고 고민하기 시작한 것이 그때였다.

정말 막막하고 두렵기만 했다. 사회생활조차 해본 적 없는 내가 회사를 경영할 수 있을지 자신도 없었고 나 때문에 회사가 잘못되면 어쩌나 싶어 끝없이 망설일 수밖에 없었다. 두려움이 엄습할 때마다 지난 10여 년간 그래왔던 것처럼 평범한 주부로 살아가고 싶다는 유혹에 흔들리곤 했다.

그러나 남편이 심혈을 기울여 키워놓은 회사가, 그것도 이제 막 기반을 잡고 날개를 펼치려는 회사가 대표이사의 급작스러운 공백으로 흔들리는 상황을 두고 볼 수만은 없었다. 할 수 있나 없나를 저울질하기 전에 내가 해야만 할 일이라는 생각이 들었고 내 아이들 앞에 도전하고 성취해나가는 강한 엄마의 모습으로 우뚝 서고도 싶었다.

그렇게 오랜 고민 끝에 남편이 타계한 지 1주기가 되던 날, 회사 경영에 참여할 결심을 굳혔다. 당신이 애경에 쏟았던 열정만큼 최선을 다하겠다'고 남편 영정 앞에 다짐도 했다. 삶의 목표가 생기자 막막하기만 했던 미래가 달리 보이기 시작했다. 내가 걸어가려는 길에 어떤 위험이 도사리고 있을지 두렵기도 했지만 아무리 힘들어도 절망 속에서 허우적거리는 지금보다는 나을 것이라고 믿었다.

그제야 남편의 부음을 전하며 신부님이 말씀하셨던 "이 일이 불행으로 끝날지 아닐지는 너 하기에 달렸다"는 얘기가 무슨 뜻인지 이해할 수 있을 것 같았다. 남편의 죽음을 그저 불행으로만 받아들일 때는 미처 몰랐지만 생각을 바꾸자 새로운 인생을 살 수 있는 기회가 내 앞에 열려 있음을 깨달았다.

'신은 한쪽 문을 닫을 때 다른 쪽 문을 열어놓는다'는 말이 있다. 내게 남편의 죽음이 '닫힌 문'이었다면 일은 새롭게 발견한 '열린 문'이었다. 닫힌 문만을 바라보면 좌절하기 쉽지만 열린 문으로 눈을 돌리면 또 다른 길이 보이게 마련이다.

삶에 대한 의지만 강하다면, 그리고 포기하지만 않는다면 열린 문을 찾는 것은 결코 어렵지 않다. 컵에 담긴 반 정도의 물을 보고 '반밖에 남지 않았다'고 하는 대신 '반이나 남았다'고 할 수 있는 긍정적인 사고만 지니면 누구나 가능한 일이다.

시련은 선택할 수 없지만 시련을 대하는 태도는 이렇게 얼마든지 선택할 수 있다. 지금 내 앞에 닥친 시련을 부정적으로 바라보느냐, 긍정적으로 바라보느냐에 따라 인생의 성패가 갈린다고 생각하면 어떤 태도를 선택해야 하는지 분명해질 것이다.

부족하다고 느낄수록
더 높은 곳을 바라보라

새로운 삶에 도전한다는 각오로 회사 경영에 참여할 결심은 했지만 두려움은 여전했다. '내가 해도 될까?' '잘할 수 있을까?' 라는 걱정을 더는 하지 않기로 했다. 대신 한 번도 해본 적 없는 회사업무가 걱정스러웠고 내 능력이 미치지 못할까봐 두려웠다.

공부를 마치자마자 결혼해 살림만 하고 살았으니 나는 그 흔한 직장생활 경험도 없는 상태였다. 미국 유학 시절 화학공부를 한 덕분에 가끔 남편이 부탁해오는 기계나 화학에 관한 외국자료를 번역해본 적은 있지만 회사가 어떻게 돌아가는지에 대해서는 관심조차 없었다.

그나마 한 가지 위안이라면 내가 화학도 출신이라는 사실이었다. 애경의 주력상품인 비누를 제조하는 과정이 화학을 기반으로 하므로 회사 경영은 낯설어도 생산공정은 낯설지 않으리라 여겼다. 그러나 생산공정을 이해하는 것은 경영자가 수행해야 할 몫의 극히 일부분에 불과했다.

두려움을 덜기 위해서는 업무를 처리하는 데 필요한 능력을 하나라도 더 익혀야 한다는 생각으로 낙원동에 있는 경리학원에 다니기 시작했다. 회사업무는 출근을 하면서 익힌다고 쳐도 돈 액수를 읽을 때조차 일, 십, 백, 천… 하며 동그라미를 세어야 하는 까막눈으로는 도저히 출근할 자신이 없어서였다. 경영 참여 결심을 누구에게도 밝히지 않은 상태였으므로 경리학원도 아무도 모르게 다녔다.

세무 공무원 시험을 준비하는 수험생이 대부분인 학원에서 30대 아줌마는 단연 눈에 띄는 존재였다. 게다가 당시는 세무 공무원도 여자가 흔히 도전하는 분야가 아니어서 학원의 홍일점이기도 했다. 학원에 나갈 때마다 '저 아줌마는 왜 여기를 다니나?' 궁금해하는 눈길이 쏟아지곤 했다.

결국 궁금증을 참지 못한 강사가 경리학원을 다니는 이유를 물어왔을 때 나는 딱히 대답할 말을 찾지 못했다. 회사를 경영하기 위해서라고 하자니 비웃음을 사거나 궁금증만 증폭시킬 것 같았고, 취업을 위해서라고 하자니 30대 아줌마에게 어울리지 않는 답변일 것만 같았다. 간신히 찾아낸 대답이 "작은 가게나 하나 하려고 한다"며 얼버무리는 것이었다. 그러자 강사는 "가게를 하는 데 왜 복식부기를 배우지?"라며 더욱 이해할 수 없다는 듯 고개를 갸웃거렸다.

호기심 가득한 눈길 때문에 부끄러움을 무릅써가며 그렇게 6개월

간 재무제표니 손익계산서니 하는 경영에 필요한 기초를 열심히 익혔다. 암호처럼 보이던 숫자들이 눈에 익기 시작하자 적어도 까막눈은 벗어났다는 생각에 조금은 안심이 되기도 했다. 오케스트라를 지휘하려는 사람이 간신히 악보 보는 법을 익힌 것처럼 초보적인 수준에 지나지 않았으나 나로서는 도전목표를 향해 첫발을 내디딘 셈이었다.

내 자신이 부족하다는 자각으로 인해 걱정이 많았던 경영 초기를 떠올릴 때마다 나는 오히려 그것이 좋은 채찍이었음을 깨닫곤 한다. 부족한 점을 채우기 위해 더 열심히 배우고 최선을 다할 수 있었기 때문이다.

사람들은 흔히 완벽할수록, 그래서 두려움도 없고 걱정도 없을수록 좋다고 생각하지만 그것은 부족한 자신을 극복할 의지가 없을 때나 해당하는 말이다. 스스로가 완벽하다고 자만하는 사람은 더 이상의 노력을 기울이지 않지만 부족하다고 느끼는 사람은 더 높은 곳을 바라보며 끊임없이 자신을 채찍질하기 때문이다.

차별과 편견은
새로운 세상으로 나가는 통과의례

　어느 정도 예상은 했지만 내 결심이 그렇게까지 큰 파장을 몰고 올 줄은 몰랐다. 경리학원에서 6개월 과정을 수료하고 회사 경영에 참여할 뜻을 공식적으로 밝혔을 때 집안은 물론 회사가 발칵 뒤집혔다. 오직 한 분, 친정어머니만이 내 결심을 지지해주었을 뿐 하나같이 황당하다는 반응이었다.

　그때까지만 해도, 아이들 키우고 살림만 하던 사람이 경영을 하겠다고 깜짝 발표를 했으니 주위의 걱정과 만류는 당연하다고 여겼다.

　"지금 당장 회사를 맡겠다는 게 아니라 경영에 참여할 기회를 달라는 겁니다. 제가 얼마나 부족한 사람인지는 누구보다 제 자신이 잘 알고 있어요. 그렇지만 처음부터 잘하는 사람이 어디 있겠습니까? 기회만 주면 열심히 배우고 노력할 테니 제가 할 수 있는지 없는지는 그때 가서 판단해주십시오."

그러나 주위의 반대가 단순히 내 능력에 대한 걱정 때문이 아님을 곧 알게 됐다. 능력이 있고 없고를 떠나 내가 '여자'라는 사실에 심한 거부반응을 보이고 있었다.

결심을 굽히지 않는 나를 앞혀두고 집안 어른들은 "암탉이 울면 집안이 망한다" "여자가 뭘 안다고 회사 일에 나서느냐"며 혀를 끌끌 차곤 했다. 회사 임원들의 반대는 더욱 극렬했다. "회사는 우리가 알아서 잘 운영할 테니 애들이나 잘 키우라"는 설득도 통하지 않자 급기야 "회사가 망할 것"이라는 무시무시한 말까지 입에 올렸고 내가 나서면 회사를 그만두겠다는 임원들도 있었다.

여성의 사회진출도 드물고 여성경영인은 찾아볼 수도 없는 시대이기는 했다. 그러나 그것은 사회생활보다 가정을 지키는 쪽을 선택하는 여성이 많아서일 뿐 여성에게 능력이 없는 탓이라고는 한 번도 생각해본 적이 없다. 자라면서도 '여자니까 이러저러해야 한다'는 식의 말을 들어본 적이 없었고, 유학에서 돌아와 곧장 결혼생활을 시작한 나로서는 처음 당하는 성차별이자 편견이었다.

여자가 기업을 경영하는 것은 있을 수도, 있어서도 안 된다는 고정관념 앞에 숨이 턱 막히는 심정이었지만 나조차 내 능력에 자신이 없는 상태였으므로 '여자는 왜 안 되느냐'고 항의할 수도 없었다. 그러나 그처럼 부당한 차별과 편견 앞에 무릎 꿇을 수는 없었다. 내가 굴복하면 내 딸도 나와 같은 설움을 겪을 것이고 '암탉이 울면 집안이 망한다' 는 따위의 근거 없는 속담으로 여성을 함부로 비하하는 사회도 영원히 바뀌지 않을 것 같았다.

여성에 대한 사회적 편견을 실감하면서 어깨가 더욱 무거워지는 느낌이었다. 처음 경영 참여를 결심할 때만 해도 아이들에 대한 책임감, 직원과 회사에 대한 책임감만 있었으나 거기에 여성에 대한 책임감까지 더해지고 있었다. 지금처럼 여성에 대한 차별이 부당하다고 하소연할 수 있는 세상도 아니었으므로 '여자도 이렇게 잘해낼 수 있다' 는 사실을 실력으로 증명하는 수밖에 없었다.

경영에 참여하게 되면 최대한 빨리 회사 사정을 파악하고 업무를 익혀 내 역할을 다하겠다고 결심했다. 이미 회사를 책임지고 있는 경영진이 있었으므로 그 곁에서 차근차근 경영을 익혀나갈 생각이었다. 그러나 내 계획은 여지없이 빗나가고 말았다.

내가 끝내 고집을 꺾지 않자 당시 경영을 책임지고 있던 몇몇 임원이 회사를 떠나버렸던 것이다. 회사는 창업주에 이어 또다시 선장을 잃은 격이었고, 운항법도 익히지 못한 내가 졸지에 선장을 맡아야 하는 처지가 되고 말았다. 그러자 회사 안팎에서 흉흉한 소문이 나돌기 시작했다. 창업주의 부재로 그렇지 않아도 위태로운 회사를 경영도 모르는 여자가 맡겠다고 나섰으니 '애경이 망하는 것은 시간문제' 라는 소문이었다.

어느 한 곳 기댈 데 없는 처지에 회사는 위태롭고 나는 자신감도 없는 상태였으니 사면초가라는 말이 실감나는 순간이었다. 아무리 경영을 모른다고 하지만 내가 남자였어도 이처럼 심한 거부반응을 보이고 이처럼 못미더워할까라는 생각을 하면서 나는 더욱 이를 악물었다. 여자라서 믿지 못하겠다면 남자보다 더 독하게 일하고, 여자라서 함께 일하기 껄끄럽다면 남자보다 더 편안한 동료가 되리라 다짐했다.

차별이나 편견은 상대에 대한 무지에서 비롯되는 것이므로 함께 일하고 함께 어려움을 헤쳐나가다보면 언젠가는 반드시 해소될 것으로 믿었다. 인종에 대한 편견, 장애인에 대한 편견, 질병에 대한 편견 등 인간사회에 존재하는 모든 편견은 결국 편견의 대상에 대해 제대로 모르거나 알려고도 하지 않는 사람들로 인해 생겨나는 것이다.

흑백혼혈이기는 하지만 미국에서 버락 오바마 대통령이 탄생할 수 있었던 것도 노예해방 이후 흑인과 백인이 함께 어울려 산 세월이 있었기에 가능한 일이었다. 함께 어울려 살며 흑인이든 백인이든 똑같은 인간임을 서로 이해하게 되면서 인종을 떠나 있는 그대로 능력을 인정해주고 존중해주는 문화가 자리잡았기 때문이다.

그래서 나는 차별철폐운동이나 차별을 금지하는 제도적 장치보다 서로 소통하고 이해할 수 있는 사회 구조를 만드는 것이 더 효과적이라고 생각한다.

여성에 대한 편견도 결국 여성과 남성이 사회에서 함께 일할 기회가 적었기에 비롯된 문제였다. 나를 주저앉히려는 설득과 비난은 계속됐지만 그로 인해 더는 분노하지도, 흔들리지도 않기로 마음을 정했다. 그리고 1972년 7월 1일, 드디어 첫 출근을 감행했다. 서른여섯 살 아줌마의 생애 첫 출근길이자 편견으로 가득한 세상을 향해 내디디는 여성경영인의 첫 도전이었다.

죽고 싶다는 생각은 했어도
포기는 생각조차 안 해

출근 첫날, 나는 오갈 데 없는 왕따 신세였다. 아무도 반기지 않으리라 각오는 하고 있었지만 회사 분위기는 예상했던 것보다 훨씬 더 싸늘했다. 내 집무실을 찾아오는 사람도 별로 없었고 해야 할 일도 없었으며 일을 가르쳐달라고 부탁할 사람도, 일을 가르쳐주겠다는 사람도 없었다.

이사회에 참석해서는 회의석상에서 오가는 말을 한마디도 알아들을 수 없어 가시방석에 앉아 있는 듯한 고역을 견뎌야 했다. 하루 종일 하는 일 없이 자리를 지키고 있자니 내 처지가 한없이 처량하고, 나를 외면하는 회사사람들이 섭섭하다 못해 원망스럽기까지 했다. 어떤 수모를 당하더라도 참고 이겨내리라 다짐했건만 내가 있어서는 안 될 자리에 온 것처럼 불편하고 불안하기만 한 하루였다. 다음 날도, 그 다음 날도 똑같은 하루가 반복됐다. 정시에 꼬박꼬박 출근해 자리를 지켰지만 회사 안에서 나는 철저하게 고립된 채 무의미한 나날을 보내고 있었다.

누군가를 붙잡고 말을 걸어볼 용기조차 나지 않았다. 무엇보다 두려웠던 것이 회사임원들의 눈빛이었다. 그들의 눈빛에서 나를 어떻게 생각하고 있는지 고스란히 읽을 수 있었기 때문이다. 아무것도 모르는 나를 경영자로 맞아 그들도 얼마나 불안했을지 나중에야 이해도 되고 미안한 마음도 들었지만 당시는 그 싸늘한 눈빛에 주눅 들어 피하기에만 급급했다.

그러나 언제까지나 그런 상태로 시간을 헛되이 흘려보낼 수는 없었다. 임원들이 나를 어떻게 생각하든 회사업무를 파악하는 것이 급선무였다. 그리고 하루라도 빨리 경영자다운 모습을 보여주는 것이 그 눈빛 앞에 당당해질 수 있는 길이라고 생각했다.

대표이사직에 정식으로 취임하기 전이어서 내게는 결재서류도 올라오지 않았으므로 업무를 파악할 기회가 좀처럼 없었다. 그렇다고 업무를 처리할 능력도 안 되는 사람이 서류를 결재하겠다고 나설 수도 없는 노릇이었다. 회사에 지장을 주지 않으면서 업무를 파악할 방법을 궁리하다가 밤에 서류를 보면 되겠다는 생각이 떠올랐다.

전무에게 "나 때문에 회사일이 지연되지 않도록 해달라"고 당부하고 밤에 들어오는 서류만이라도 내 방으로 보내달라고 부탁했다. 그때부터 서류를 한 보따리씩 싸들고 출퇴근하기 시작했다. 싸들고 간

서류는 밤늦도록 샅샅이 읽고 다음 날 아침 다시 싸들고 출근해 고이 돌려주는 방식이었다.

그리고 출근을 시작한 지 꼭 한 달째 되던 8월1일, 대표이사직에 취임하고부터 결재서류가 올라오기 시작했다. 지금도 첫 결재서류를 앞에 두고 식은땀을 뻘뻘 흘리던 그날이 잊히지 않는다. 그렇게 서류를 보고 또 보며 업무를 익히려고 노력했는데도 막상 올라온 서류를 보니 눈앞이 캄캄했다. 도통 이해할 수 없는 내용도 내용이었지만 내가 어떤 결정을 내리느냐에 따라 회사의 운명이 달라질 수 있다는 사실에 몹시도 두려웠기 때문이다.

그날부터 내 짐보따리는 더욱 무거워졌다. 돌이켜보면 회사에 출근하고부터 근 1년 가까이는 단 하루도 마음 편히 잠자리에 든 적이 없었다. 늦게까지 온갖 서류와 씨름하느라 밤잠을 설치기 일쑤였고 너무 힘에 부친 날이면 '이대로 잠들어 내일 아침에 눈뜨지 말았으면 좋겠다'는 생각도 수없이 하곤 했다.

그러나 현실이 아무리 힘들어도 포기할 생각은 하지 않았다. 끝까지 해보지도 않고 포기하는 것은 내 능력과 자질을 의심하는 사람들의 선입관이 옳았음을 증명하는 것이고 '여자라서 안 된다'던 편견에 부응하는 것이었다. 게다가 포기함으로써 내가 나 자신에게 실망하게 된다면 다시는 어떤 일도 해낼 수 없을 것만 같았다.

나 혼자 서류를 끌어안고 끙끙대봐야 내용을 완벽하게 파악하기는 무리였다. 그렇다고 내 책임 아래 진행되는 업무를 함부로 처리할 수도 없는 일이었다. 고민 끝에 정공법을 택하기로 했다. 서류를 기안한 담당자를 직접 불러 모르는 것을 솔직하게 물어보는 방법이었다. 공자도 '아는 것을 안다고 하고 모르는 것을 모른다고 하는 것, 이것이 바로 아는 것'이라고 하지 않았던가. 모르는 것을 숨기고 아는 척하는 것은 부끄러운 일이지만 모른다는 사실을 인정하고 배우는 것은 절대 부끄러운 일이 아니었다.

권위 때문에 배움의 기회를 놓쳐 실수를 저지르는 것보다 하나라도 빨리 배우려고 노력하는 것이 내 선택에 책임을 지는 자세라는 데 생각이 미치자 말단사원에게 묻는 것이 조금도 꺼려지지 않았다. 임원들보다는 서류를 기안한 담당사원이 직접 결재를 받는 애경의 업무 관행은 이때부터 시작된 셈이다.

직위를 가리지 않고 모르는 것은 물어가며 배우고 서류뭉치를 싸들고 퇴근해 고시공부하듯 하나하나 업무를 익혀나간 지 1년쯤 되자 회사 전반의 업무가 파악됐고 경영에 대해서도 감이 잡히기 시작했다.

그러자 언제부턴가 임원들의 눈빛도 조금씩 달라지고 있었다. 내가 하는 일도 없이 출퇴근을 반복할 때만 해도 '저러다 곧 그만두겠지' 하는 기대가 역력하던 눈빛이었다. 그러나 끝내 포기하지 않고 스스로 경영에 적응해나가는 내 모습에 싸늘하던 눈빛들이 점차 누그러지기 시작했다.

나를 황무지에 버려둔 채 아무런 도움의 손길도 내밀지 않던 그들이 처음에는 원망스럽기도 했지만 그로 인해 나는 오히려 더 강인해

질 수 있었다. 황무지에서 살아남는 법을 이론으로 습득하는 대신 실제 황무지에 버려짐으로써 생존법을 온몸으로 체득할 수 있었기 때문이다. 경영수업을 받았더라면 그토록 홀로 고군분투할 필요가 없었을지 모르지만 온전히 내 지식과 경험이 되지는 못했을 것이라는 생각이 든다.

이 단계까지 나를 이끈 힘이 바로 절박함이었다. 살아남기 위해서는 죽을 만큼 힘든 순간에도 버텨내야 했고, 목표에 도달하기 위해서는 포기하고 싶은 순간에도 인내해야 했다. 이를 두고 사람들은 '불굴의 도전정신'이라는 표현을 즐겨 쓰곤 하지만 나는 자기 앞에 주어진 과제를 '해야만 하는 일'로 받아들이느냐 '해도 되는 일'로 받아들이느냐의 차이라고 생각한다.

'해야만 하는 일'은 선택의 여지가 없지만 '해도 되는 일'은 선택의 여지가 있다. 전자가 결코 포기할 수 없는 과제라면 후자는 포기해도 좋은 과제가 되는 셈이다.

자신의 목표를 어느 쪽에 두느냐에 따라 포기하지 않으려는 강인한 정신력이 발휘되기도 하고, 작은 난관에도 쉽게 포기하는 마음이 생기기도 한다. 내게 있어 경영은 단연코 '해야만 하는 일'이었다. 해야만 하는 일이었기에 할 수밖에 없었고, 포기하고 싶은 모든 순간을 극복해낼 수 있었다.

도전 없는 기회란
없더라

회사를 성공적으로 이끌고 있다는 평가를 받으면서부터 '성공한 여성경영인'이니 '여장부'니 하는 수식어가 따라다녔지만 경영 초기의 내 모습은 한심하고 어설프기 짝이 없었다.

내가 경영을 맡고 얼마 지나지 않아서였다. 당시 박정희 대통령이 참석하는 행사가 울산석유화학단지에서 열렸는데 그 자리에서 나는 아주 바보스러운 모습을 보이고 말았다.

"댁에서는 뭘 만듭니까?"

대통령이 내게 이 간단한 질문을 던졌을 뿐인데 순간 심하게 당황해버린 것이다. 사전에 답변할 사람들이 정해져 있었던 까닭에 방심하고 있었다고는 해도 그처럼 간단한 질문에 똑 부러진 대답 한마디 못한 내가 한심스럽기만 했다.

대표이사 자격으로 처음 관공서에 들어갔을 때는 더 어이없는 실수도 저질렀다. 관공서에 들어가기 전, 공무원 앞에서 행여 실수라도 할까봐 담당임원이던 전무는 해야 할 말과 하지 말아야 할 말을 내게 신신당부했다. 그렇게 사전교육을 단단히 받았음에도 막상 공무원 앞에 갔을 때는 전무가 당부한 말을 그만 까맣게 잊어버렸다. 그러고는 공무원이 묻는 대로 곧이곧대로 대답하다가 책상 밑으로 전무에게 정강이를 걷어차이고 말았다. 눈물이 찔끔 날 만큼 아픔을 느끼는 순간 그제야 '아차' 싶었다. 해서는 안 된다고 교육받았던 말을 술술 털어놓고 있었던 것이다.

경영에 어두운 초보 시절이었으니 저지를 수 있는 실수였지만 대외적으로 회사를 대표하는 경영자로서는 부끄러운 실수였다. 한동안 시퍼렇게 멍든 정강이를 바라보며 '아직 갈 길이 멀구나' 싶어 절로 한숨이 나왔다. 여자도 남자와 똑같이 일할 수 있다는 자신감으로 나선 길이었지만 경험도, 실력도 부족하다 보니 어쩔 수 없이 주눅이 들곤 했다.

게다가 당시 나는 대인관계마저 서툴렀다. 여성경영인은 물론 여성임원 하나 없는 재계에서 내가 대인관계를 맺어야 하는 상대는 온통 남자들뿐이었다. 그러나 여학교만 다니고 가정에만 안주한 탓에 남자들의 세계는 낯설기만 했다.

특히 경영인 모임과 같은 대외적인 행사에 참석해야 할 때면 어색하고 부담스러워 어찌할 바를 모르곤 했다. 나 홀로 여자다 보니 호기심 어린 시선을 받는 것도 부담스러웠고 대단한 사람들 틈에 보잘 것없는 여자가 끼어든 것 같아 늘 자신감이 없었다. 대표이사가 가야 할 자리라고 해서 어색함을 무릅쓰고 참석한 자리에서는 사람들 앞에 어떻게 나서야 할지 몰라 몇 시간이나 기둥 뒤에 숨어 있다 온 적이 있는가 하면 공식적인 자리에서는 행여 질문을 받을까 가슴 졸이며 두려움에 떨기도 했다.

경영을 익히고 회사에 적응하는 것만으로도 벅찬 마당에 실수 때문에 주눅 들고 '나 홀로 여자'인 환경에 적응하지 못해 마음고생까지 하다 보니 하루하루가 고달픔의 연속이었다.

그런데 곰곰 생각해보니 내가 괜한 에너지를 낭비하고 있음을 깨달았다. 저지른 실수는 이미 과거지사요 '나 홀로 여자'라는 사실은 부인할 수 없는 현실이었다. 지나간 실수를 곱씹어봐야 실수하기 이전의 상황으로 되돌릴 수 없고 '나 홀로 여자'라는 현실은 내가 바꿀 수 있는 것이 아니었다.

무엇보다 여성에 대한 편견을 부당하다고 생각하는 내가 스스로를 편견의 벽 속에 가둬둔 채 괴로워하는 모순적인 태도를 취하고 있었다. 어느 곳에 가든 홍일점이니 눈에 띌 수밖에 없는데 지레 확대 해석하고 부끄러워했을지도 모를 일이다. 남들의 편견은 신경 쓰지 않으면 그만이었지만 나도 모르는 사이 내 속에 자리잡은 편견은 열등감으로 자라고 있음을 깨달았다.

그러나 돌이킬 수 없고 바꿀 수 없는 상황에 집착해 열등감을 느낄 이유가 없었다. 실수는 반성을 통해 다시 되풀이하지 않으려고 노력하면 되는 문제였고 대인관계에 서툰 것은 남자, 여자를 의식하지 않고 동료 경영인으로 바라보면 얼마든지 극복할 수 있는 어려움이었다.

이 사실을 깨닫게 되면서부터 마음이 한결 가벼워지기 시작했다. 업무에 적응해가면서 실수는 자연스럽게 줄어들었고 어쩌다 실수하는 일이 있어도 마음의 짐이 되지 않도록 가볍게 털어버릴 수 있었다. 모임에서도 '여자라서' 눈에 띌까, '여자라서' 이상하게 보지 않을까 전전긍긍하는 대신 자연스럽게 행동함으로써 남성경영인들과 어깨를 나란히 할 수 있게 되었다.

'길을 걷다가 돌이 나타나면 약자는 그것을 걸림돌이라고 하고 강자는 그것을 디딤돌이라고 한다.'

스코틀랜드의 작가 토머스 카알라일이 남긴 말이다.

똑같은 상황도 어떤 마음으로 받아들이는지에 따라 인생의 걸림돌이 되기도 하고 디딤돌이 되기도 하는 것이다. 도전을 향해 나아가는 길에 걸림돌을 많이 만들 것인지, 디딤돌을 많이 만들 것인지는 도전하는 사람이 선택할 몫이다.

2장

•

스펙보다
정직한 노력이
멀리 간다

Stick to It !

아무것도 모르는 여자가 경영을 맡았으니 무조건 실패할 것이라는 예상을 뒤엎고 회사를 좌초 위기에서 구해내고 어떠한 난관에도 흔들리지 않는 탄탄한 기업으로 성장시킨다. 그래서 정직한 노력보다 뛰어난 능력은 없음을, 주저앉거나 포기하지 않으면 결국은 원하는 바를 성취할 수 있음을 증명해 보인다.

목표 없는 삶은
목적지 없는 길을 가는 것

    경영에 적응하느라 한창 힘들 무렵, 나는 가슴이 답답하거나 기분이 울적할 때면 공장을 찾곤 했다. 지금도 공장만큼 생산적이고 공장만큼 아름다운 곳이 없다고 생각하지만 그때는 공장에만 가면 모든 시름이 걷히는 듯 마음이 편안해지는 나만의 위안처였다.

    그런데 공장에 갈 때마다 항상 이상하다고 느껴지는 것이 있었다. 똑같은 일을 하면서도 전혀 다른 얼굴을 하고 있는 직원들의 모습이었다. 처음에는 밝고 씩씩하게 일하는 직원을 보면 오늘 기분 좋은 일이 있나 보다, 불만 가득한 얼굴의 직원을 보면 기분 나쁜 일이 있었나 보다 생각하며 그저 대수롭지 않게 받아들였다. 그런데 이상하게도 밝고 씩씩한 직원도 언제나 한결같고 불만스러운 직원도 언제나 한결같기만 했다. 사람이 늘 기분 좋을 수도, 반대로 늘 기분 나쁠 수도 없는 일인데 어떻게 저럴 수 있나 궁금해지기 시작했다.

공장에 가면 직원들과 이런저런 얘기를 나누는 일이 많았으므로 하루는 밝고 씩씩한 모습이 인상 깊었던 직원에게 말을 걸었다.

"오늘 뭐 기분 좋은 일 있어요?"

"아뇨. 특별히 그럴 만한 일은 없는데요."

"그런데 왜 이렇게 기분이 좋아요?"

"저 내년에 대학 가거든요. 그동안 열심히 일해서 학비도 다 모았어요. 떨어질지도 모르지만 그래도 열심히 해보려고요."

그렇게 유쾌하고 성실한 직원을 잃을 수도 있다고 생각하니 내심 섭섭했지만 자기 목표를 향해 최선을 다하는 모습이 참으로 대견하고 대단해 보였다. 말 붙이기도 꺼려질 만큼 무뚝뚝해 보이는 직원에게는 "혹시 불편한 거라도 있느냐"고 조심스럽게 물었다. 그러자 "그냥 매일 똑같은 일을 하는 게 좀 지겹다"는 대답이 돌아왔다.

그제야 두 사람의 확연한 차이를 이해할 수 있었다. 앞의 직원은 미래를 꿈꾸며 행복해하고 있었고 뒤의 직원은 그리 신날 것 없는 현실에 지겨워하고 있었던 것이다.

미래를 꿈꾸는 사람에게는 공장일이 꿈을 실현해나가는 과정이자 수단이었으니 당연히 즐거웠을 테지만 미래를 바라보지 않는 사람에게는 매일 똑같이 반복되는 일상이 즐거울 리 없었을 것이다. 지향하는 목표가 있는 사람과 그렇지 못한 사람과의 차이였던 셈이다.

목표가 없는 삶은 목적지 없는 길을 가는 것과 같다. 목적지가 없으면 어느 방향으로 길을 잡아야 할지 난감하고 목적지에 도달할 수 있는 방법을 고민하지도 않으며 아예 길을 나서지도 않거나 중도에 포기해버리기도 쉽다. 그에 비해 목적지가 명확한 사람은 그 목적지에 도달하기 위해 최선을 다하게 마련이고, 어려움이 닥치더라도 극복해내며 앞으로 나아가게 돼 있다. 아무리 힘들어도 목적지를 생각하면 즐겁게 그 길을 갈 수 있고 목적지에 가까워질수록 더욱 힘이 나고 신이 나는 법이다.

회사를 경영하는 동안 "경영자로서의 삶이 어떤지"를 궁금해하는 질문을 자주 받았다. 그때마다 나는 "경영을 한다는 것은 정말 어렵고 힘든 일이고 개인적인 생활을 완전히 포기해야 하는 일"이라고 대답하곤 했다. 사실이 그랬다.

경영을 맡은 후 내 삶의 중심축을 '아이들'에서 '회사'로 옮기고, 깨어 있는 동안에는 온전히 일에만 집중했지만 경영자의 자리는 일에 익숙해진다고 해서 수월해지는 자리가 아니었다. 조금만 방심해도 뒤처지고 마는 치열한 자리였고, 회사가 성장할수록 더 많은 책임이 따르는 무거운 자리였다.

그러나 가야 할 목적지를 생각하면 결코 포기하거나 주저앉아 쉴 수 없었다. 반대를 무릅쓰고 경영을 맡은 이상 회사를 끝까지 책임져야 했고 '여자도 할 수 있다'는 사실을 보여줘야 했다.

회사의 성장과 여성경영인으로 성공하는 것이 내 삶의 목표이자 목적지였다. 온갖 위기 앞에 좌절하지 않을 수 있었던 것도, 회사의 앞날을 누구보다 깊이 고민했던 것도, 그리고 기절하듯 잠들었다가 다음 날이면 다시 힘을 낼 수 있었던 것도 모두 외골수처럼 내가 가야 할 한길만을 바라보았기에 가능했다.

인생에서 목표는 이렇게 현실의 고단함을 견디는 힘이 되기도 하고 성공적인 삶의 이정표가 되기도 한다. 그런데 주위를 둘러보면 목표를 가지고 사는 사람보다 그렇지 않은 사람이 훨씬 많은 것 같다. 꿈을 얘기하는 사람보다 세상살이의 팍팍함을 호소하는 사람이 더 많고, 미래를 긍정적으로 바라보는 사람보다 불안해하는 사람이 더 많은 까닭이다. 이런 사람들이 흔히 '지금 사는 것도 힘들어 죽겠는데 미래는 무슨 미래'라거나 '어차피 이루지도 못할 목표는 세워서 뭐하나'라는 식의 푸념을 하곤 한다.

그러나 목표라는 것이 알고 보면 그리 거창할 것도 없다. 나는 경영인의 길을 택했기에 회사의 성장과 성공을 목표로 뛸 수밖에 없었지만 가슴을 설레게 하거나 열정을 쏟을 수 있는 목표라면 무엇이든 상관없다고 생각한다. 학업이 목표여도 좋고 행복한 가정이나 귀농의 꿈을 키워도 좋다. 직장인이라면 자신이 올라갈 수 있는 최고직위를 목표로 삼거나 최고연봉을 목표로 삼을 수도 있을 것이다.

목표 없이도 현재의 삶에 충실하면 된다고 생각하는 사람도 있겠지만 명확한 목표를 지향하는 사람일수록 현재에 더욱 충실하고 열정적으로 자기 일에 몰두하게 마련이다. 최고직위나 최고연봉을 꿈꾸는 직장인이 그저 월급쟁이로 만족하는 직장인보다 더 일 욕심을 내고 더 유능한 업무능력을 발휘하려고 노력할 것은 당연하기 때문이다.

나 역시 회사를 책임지고 여성경영인으로 성공해야 한다는 절박한 목표 없이는 여기까지 올 수 없었을지도 모르겠다. 비록 그 과정이 공장에서 만났던 그 밝고 씩씩했던 직원처럼 마냥 즐겁고 행복하지만은 않았지만 그래도 목적지가 있었기에 헤매지 않을 수 있었고 목적지를 바라보며 고된 하루하루를 버텨낼 수 있었다.

솔직함으로
돈으로 살 수 없는 마음을 얻다

"저는 아무것도 모르는 여자입니다. 그러니 여러분의 능동적인 협조 없이는 이 기업을 이끌어나가기 힘들 것입니다. 여러분이 도와주신다면 저는 최선을 다해 우리 애경을 훌륭한 기업으로 키워나가겠습니다."

대표이사에 취임하던 날, 나는 내 선택이 얼마나 무거운 책임을 자청하는 것이었는지 온몸으로 실감했다. 우려와 기대가 뒤섞인 직원들의 눈이 모두 나를 응시하고 있었다. 걱정스럽기는 하지만 그래도 내가 잘해주기를 바라는 간절함이 묻어나는 눈빛들이었다. '내가 이 많은 사람의 현재와 미래가 걸린 회사를 맡았구나' 생각하니 취임사를 하는 목소리도 떨리고 있었다.

'아무것도 모르는 여자'임을 직원들 앞에 고백하기는 했으나 그것으로 내 책임이 가벼워질 수는 없었다. 나는 이미 누구보다 큰 책임을 진 애경호의 선장, 그것도 망망대해에서 악천후에 시달리는 애경호의 선장이었다. 불안해하는 선원들을 독려해 배를 앞으로 나아가게 할 책임도 내게 있었고, 목적지에 무사히 다다를 수 있도록 항로를 찾아야 할 책임도 내게 있었다.

나를 바라보고 있는 이 사람들에게 무엇을 향해, 무엇을 위해 함께 가자고 할 것인가? 경영지식은 없었어도 내가 누구이고 무엇을 해야 하는 사람인지를 깨닫자 자연스럽게 앞장서서 길을 찾기 시작했다.

당시 회사는 창사 이래 최대의 위기 속에 있었다. 애경의 독무대나 다름없던 비누시장에 럭키, 동산유지 등 쟁쟁한 경쟁업체들이 뛰어들면서 시장은 치열한 경쟁체제에 돌입해 있었지만 창업주를 잃어버린 애경은 그 시장에서 맥을 못 추고 있었다.

우리나라 최초의 비누회사이자 최대의 비누회사라는 애경의 입지는 흔들리고 있었고, 대표이사인 내가 집과 주식 등 있는 재산을 모두 저당 잡혀 은행 빚을 내야 할 정도로 재정상태도 좋지 않았다. 그런데다 경영진이 두 번이나 바뀌면서 내부적으로도 과도기를 거치고 있었으니 회사의 운명을 두고 직원들이 불안해하는 것은 당연했다.

그런 직원들에게 회사의 앞날이 결코 어둡지 않다는 것, 다 함께 노력하면 밝은 미래가 우리를 기다리고 있다는 희망을 심어주어야 했다. 치열한 비누시장에서 선두다툼을 하는 수준에서 한걸음 나아가 더 먼 곳을 향해야 한다고 생각했다. 비누시장이 포화상태에 이르더라도 새로운 가능성을 모색할 수 있는 사업 기반을 마련함으로써 애경이 얼마든지 성장해나갈 수 있는 기업임을 믿을 수 있도록 하는 것, 이것이 흔들리는 회사의 방향키를 바로잡는 방법이었다.

애경의 정체성을 단순한 비누제조업에서 화학으로 확대한 것이 이 때부터였다. 비누도 화학의 한 갈래이므로 회사의 근간이 되는 화학 분야에서 독보적인 기술력을 확보해 회사의 운신 폭을 넓히겠다는 취지였다. 1954년 애경유지공업을 창업해 비누사업을 시작했던 남편도 일찍부터 화학관련 사업에 관심을 갖고 있었으므로 화학을 애경의 미래지표로 삼는 것은 남편의 유지를 받드는 길이기도 했다.

남편이 시작한 화학관련 사업이 석유에서 추출한 원료를 이용해 산업에 필요한 각종 화학원료를 생산하는 것이었다. 화학원료사업에 대한 개념조차 없던 1962년부터 페인트의 주원료인 알키드 수지와 불포화 폴리에스테르 수지, 무수프탈산 등을 생산해오고 있었고, 울산석유화학단지에 공장부지를 마련한 것도 화학원료사업에 본격적으로 진출하려는 준비의 일환이었다. 그러나 안타깝게도 부지를 마련하고 삼경화성(현 애경유화)이라는 회사명만 지어놓은 채 남편은 세상을 등지고 말았던 것이다.

대표이사직에 취임한 후 삼경화성의 공장 건설부터 서둘렀던 것은 남편이 꾸었던 꿈 그대로 애경을 화학 기반이 튼튼한 회사로 키워내기 위함이었다. 직원들에게도 화학기술을 기반으로 비누 제조기술을 한층 고도화하고 다양한 화학원료사업에 진출할 것을 미래비전으로 제시했다. 그래서 애경의 기업정신으로 꽤 오랫동안 강조되던 것이 케미스트리(Chemistry:화학)와 유토피아(Utopia:이상향)를 합친 '케미토피아'였다. 화학을 기반으로 개발한 제품으로 소비자를 행복하게 만들자는 의미였다.

그런데 화학을 미래 비전으로 선포하고 삼경화성이 본격적으로 가동되면서 회사가 안정을 되찾아갈 무렵 덜컥 오일쇼크가 닥쳤던 것이다. 걸프사의 지원으로 삼경화성의 위기는 무사히 넘겼지만 끝을 알 수 없는 불황은 회사 전체에 어두운 그늘을 드리우기 시작했다. 기업들은 살아남기 위해 할 수 있는 모든 노력을 기울였고 나도 대대적인 인사개편과 수입원자재 조기확보, 품질향상, 경영합리화 등을 통해 장기불황에 대비했다.

그러나 불황이 끝나기만을 마냥 기다리고 있을 수는 없었다. 남보다 앞서 나가려면 모두가 숨죽이고 있을 때 불황 이후를 대비해야 한다는 데 생각이 미쳤고 그때 떠오른 것이 새로운 공장의 건설이었다. 당시만 해도 애경은 남편이 터전을 닦아놓은 영등포공장에서 세탁비누와 미용비누, 국내 최초의 주방세제로 유명한 '트리오' 등을 생산하고 있었다. 생산설비도 충분했고 제품에 대한 시장의 반응도 좋아서 오일쇼크만 진정되면 다시 안정적인 기업활동이 가능하리라는 것이 회사 임직원들의 판단이었다.

그러나 내 생각은 달랐다. 그때 막 보급되기 시작하던 세탁기가 심상치 않은 변화의 조짐으로 여겨졌다. 세탁기의 등장은 세탁 방법의 변화를 의미했고 이는 곧 세탁비누 시장의 변화를 예고하는 것이었다. 불황이 끝나 세탁기의 수요가 증가하면 빨래와 쉽게 뒤섞이면서 세척력도 좋은 합성세제의 시대가 올 것으로 내다봤다.

"지금은 영등포공장만으로도 충분하지만 앞으로 합성세제 시대가 열리면 새로운 공장이 필요해질 겁니다. 그때 가서 공장을 짓는다면 우리는 시장에서 뒤처질 수밖에 없어요. 불황에는 시설투자를 하라는 말도 있지 않습니까?"

경기침체로 인해 어차피 신제품 출시와 시장확대에 제약이 따르는 상황이었으므로 나는 회사의 역량을 합성세제 공장건설에 집중하자고 설득했다. 그리고 물류를 운반하는 동선을 최소화해 물류비용을 절약할 목적으로 우리나라의 중간지역인 대전에 공장부지를 선정하는 등 공장건설 계획을 일사천리로 추진했다. 대대적인 시설투자를 불안한 눈으로 바라보는 이들도 있었지만 제조업체가 시설에 투자하는 것은 소비가 아닌 생산이라고 생각했다.

내 판단이 옳았다는 사실은 곧 증명되기 시작했다. 1975년 대전공장이 준공될 무렵 오일쇼크의 여파가 걷히기 시작하더니 합성세제의 수요가 폭발적으로 증가했다.

대전공장에서 처음 생산한 분말 합성세제 '크린엎'은 럭키의 '하이타이'와 더불어 합성세제 시장을 독점하다시피 했다. 그리고 대전공장을 기반으로 세탁비누에서 합성세제로 전환되는 시장변화에 발 빠르게 대응할 수 있었던 덕분에 이후 세탁비누 시장이 쇠퇴기에 접어

들었을 때도 별다른 타격 없이 고비를 넘길 수 있었다.

오일쇼크 이후 회사가 더욱 승승장구하는 모습을 바라보면서 나는 한발 앞서 미래를 내다보고 준비하는 것이 얼마나 중요한 경영자의 자질인지를 새삼 깨달았다. 선장으로서 항로를 찾아야 한다는 책임감이 앞날을 내다보는 동물적인 감각을 키우지 않았나 생각되지만 그런 감각이 있었기에 위기 속에서도 언제나 희망을 제시하며 직원들에게 조금 더 힘내서 함께 가자고 말할 수 있었다.

언젠가 경영인들이 모이는 자리에서 어느 경영인이 "요즘 젊은 사람들은 통 애사심이 없다"며 한탄하는 소리를 들은 적이 있다. 애사심이 없어 열심히 일하지 않고 회사의 공금이나 비품도 아낄 줄 모른다는 얘기였다. 그 얘기를 들으며 '저 기업은 앞으로 참 힘들겠구나'라는 생각이 들었다. 내가 한창 회사를 키워나가던 1970년대 80년대만 해도 애사심을 강조하는 기업이 정말 많았다. 회사를 위해 열심히 일하고 회사를 위해 희생하는 것이 사원들의 당연한 의무라고 생각하는 분위기였다.

그러나 나는 애사심만큼 허망한 요구도 없다고 생각한다. 직원들이 회사에 입사해 일을 하는 것은 자신과 가족을 위해서이지 회사를 사랑해서가 아니기 때문이다. 나와 내 가족의 행복을 지키려면 회사에서 살아남아야 하고 회사가 발전해야 내 생활도 윤택해진다는 믿음이 있기 때문에 열심히 일하는 것뿐이다. 그리고 이렇게 자신이 회사와

공동운명체라는 사실을 인식할 때 비로소 애사심도 싹트는 것이다.

　나는 진정한 비전은 조직구성원들의 공동운명체 정신을 일깨울 수 있는 것이어야 한다고 믿는다. 비전이 아무리 근사해도 그 비전이 직원들의 행복과 미래를 약속하지 못한다면 직원들의 최선도 이끌어낼 수 없고, 비전을 향해 나아가는 조직의 힘도 떨어질 수밖에 없기 때문이다. 회사의 발전이 곧 나의 발전이라는 이기심이 충족될 때 모든 직원이 한곳을 바라보며 나아갈 수 있는 것이다.

최고의 재벌보다는
최고의 명예를 갖고 싶다

우리나라 최고의 여성경영인이라고 해서 우리나라 최고의 여성재벌을 꿈꾸지 않느냐는 질문을 받은 적이 있다. 그때 내 대답은 이랬다.

"나는 내가 경영하는 업종 안에서 최고 업종이 되도록 노력하고 있다. 소비자가 그 회사 제품이라면 안심하고 쓸 수 있고 믿어주는, 세계 어느 나라에도 뒤지지 않는 명예를 갖고 싶다. 우리나라 최고의 재벌이 되겠다는 생각은 한번도 해본 적이 없다."

애경이 우리나라에서 집계하는 100대 기업 안에 늘 포함되는데다 2000년대 초반까지만 해도 여성이 경영하는 기업으로는 유일하게 100대 기업에 드는 것을 근거로 사람들은 내게 '성공한 여성경영인'이라는 찬사를 보내곤 한다. 애경의 규모나 매출로 보면 성공했다고 평가해도 부족함이 없을 것 같다. 그러나 내가 듣고 싶은 찬사는 애경의 규모나 매출을 근거로 한 평가가 아니라 업종 최고라는 평가다. 우리 회사 제품이라면 믿고 쓸 수 있다는 소비자의 평가보다 나를 행복하게 만들어주는 찬사는 지금껏 없었다.

업종 최고를 추구하기 위해 내가 선택한 경영방식이 애경의 주력분야에 집중하는 것이었다. 내가 잘 아는, 그리고 우리 회사가 자신 있는 사업을 해야 최고의 품질로 경쟁할 수 있다고 믿었기 때문이다. 특히 '애경'이라고 하면 비누부터 떠올릴 정도로 비누회사의 이미지가 강했으므로 비누에서만큼은 최고가 되어야 한다는 것이 내 신념이었다. 지금은 비누회사가 몇 개 되지 않지만 내가 경영을 시작하던 1970년대는 10여 개의 비누회사가 치열한 경쟁을 벌이고 있었다. 모두 유능한 사장들이 운영하는 회사였고 좋은 비누를 만들어내려는 열정도 대단해서 그 속에서 살아남는 것이 결코 만만치 않았다.

하루가 멀다 하고 신제품이 쏟아져 나오는 치열한 시장을 생각하면 잠시도 느긋할 수 없었다. 직원들에게는 늘 "우리 회사 제품이 최고라는 평가를 들을 수 있도록 품질향상에 최선을 다해달라"며 입버릇처럼 당부했고 나는 주말도, 휴가도 없이 일에만 매달렸다.

주말이나 연휴가 되면 몸뻬처럼 헐렁한 바지에 운동화를 신고 전국의 크고 작은 슈퍼마켓을 돌아다니며 어떤 제품이 얼마나 팔리고 있는지, 애경의 제품은 어떻게 진열돼 있으며 소비자의 반응은 어떤지 등을 샅샅이 살펴보곤 했다. 업무차 해외를 방문할 때도 잠시라도 틈이 생기면 슈퍼마켓부터 달려가는 것이 습관이 되다시피 했다. 특히 선진국의 슈퍼마켓은 장차 우리나라 소비자들이 요구하게 될 제품의 흐름을 파악하는 데 상당히 중요한 정보창구였다.

그렇게 해서 경쟁업체들이 세척력 개선에 주력할 때 우리는 세척력뿐 아니라 피부자극까지 최소화한 제품, 적은 양으로도 최대의 효과를 낼 수 있는 제품 등을 꾸준히 내놓음으로써 시장을 선도할 수 있었다. 환경에 대한 관심이 미미하던 1980년대 초반부터 공해도를 낮춘 저공해세제 연구에 착수해 국내 최초로 저공해세제인 AOS 개발에 성공할 수 있었던 것도 이런 노력의 결과였다.

이렇게 주력사업에만 집중하는 내 경영방식을 두고 답답해하는 이들도 있었다. 공격적인 경영을 표방하며 사업을 확장하고 외형을 키우는 것이 남성경영인이 이끄는 기업들의 보편적인 행보였기 때문이다. 사세가 날로 발전하는 기업들을 바라볼 때면 나 역시 '내가 여자라서 지나치게 안전 위주로 가는 건 아닌가' '남자가 경영했으면 회사를 지금보다 더 키울 수 있지 않았을까' 하는 생각이 들기도 했다.

그러나 사업을 확장해 그 모든 분야에서 최고가 될 자신도 없었고, 남자 못지않게 해낼 수 있다는 허세를 부려 회사를 위태롭게 할 수는 더더욱 없었다. 무리하게 사업확장에 나섰다가 회사가 흔들리거나 쓰러지는 경우를 바라보며 사업을 확장하더라도 신중해야 한다는 교훈을 얻은 것도 무모한 욕심을 부리지 않은 이유였다.

그러나 주력 분야에만 집중해도 사업영역은 자연스럽게 확대되기 시작했다. 세탁비누에서 출발한 초창기의 비누가 미용비누, 주방세제, 합성세제 등으로 다양해진 것처럼 비누와 관련된 시장이 전문화, 세분화하면서 애경이 진출할 수 있는 시장 또한 다양해지고 있었다. 치아를 닦는 치약, 머리를 감는 샴푸와 린스로 사업영역이 확대됐고 비누회사로서 피부건강에 오래 관심을 갖다 보니 화장품업계로도 진출하게 되었다.

비누회사인 애경이 치약, 샴푸, 화장품 등의 영역에 진출하자 처음에는 의아해하는 시선이 적지 않았다. 그러나 비누 하나로 머리부터 발끝까지 사용하다가 얼굴, 치아, 머리, 몸 등에 각각 다른 세정제를 사용하게 된 비누의 역사를 생각하면 이는 지극히 자연스러운 수순이었다. 화장품사업 역시 얼굴의 노폐물과 화장품을 지우는 콜드크림과 클렌징 제품에서 출발했으므로 비누를 모태로 하는 것은 마찬가지였다.

사업영역이 확대되면서 회사의 규모가 커지자 계열사의 필요성을 느끼기 시작했다. 업종 최고를 지향하기 위해서는 업종별로 전문분야에 집중해야 한다는 판단에 따른 것이었다. 비누와 세제의 원료를 담당하는 계열사, 세제와 샴푸·치약 등 생활용품을 담당하는 계열사, 제품용기 및 포장재를 생산하는 계열사 등이 이렇게 해서 분리되기 시작했고, 비누사업과 마찬가지로 사업영역이 확대되고 있던 화학원료사업도 전문분야별로 계열사를 만들어 독립시켰다.

따라서 애경의 기업구조는 화학이라는 뿌리로부터 비누사업과 화학원료사업이라는 두 그루의 나무가 뻗어 나오고 다시 이들 나무로부터 계열사라는 가지가 자라난 형태라고 할 수 있다. 그리고 바로 이것이 무분별하게 사업을 확장하고 계열사를 늘린 기업들과 차별화 되는 지점이다.

부실한 나무를 여럿 키우는 것보다 튼튼한 두 그루만 키워냄으로써 외형적으로 거대하지는 않아도 내실 있는 탄탄한 중견기업으로 성장 시킬 수 있었고, 그 덕분에 대기업들마저 줄줄이 도산하던 IMF 경제 위기 때도 회사의 존망을 걱정해야 할 정도의 큰 위기는 겪지 않을 수 있었다.

물론 지금의 애경은 내가 경영을 주도하던 시대와는 또 다른 모습을 하고 있다. 비누를 비롯한 생활용품사업과 화학원료사업뿐 아니라 유통, 항공, 레저사업 등에 진출해 있고 계열사만도 총 20여 개에 달한다. 1990년대를 전후해 아들들이 경영에 참여하면서 나타난 변화였다. 회사의 주력 분야와 동떨어진 사업은 하지 않으려고 했던 나와는 달리 적극적으로 새로운 영역에 도전하려는 모습에 그동안 질적인 성장을 해왔으니 양적인 성장을 해도 되는 시기가 되었다는 판단으로 나도 흔쾌히 동의했다.

나는 기업이든 사람이든 질적인 성장이 먼저라고 생각한다. 사업 다각화니 멀티 플레이어니 해서 다양한 사업에 진출할수록 기업 경쟁력이 강화된다고 생각하거나 다재다능해야 현대사회가 요구하는 인재라고 생각하는 경향이 있지만 이 경우 튼튼한 뿌리는 하나도 없을 가능성이 크기 때문이다.

여러 분야를 그저 무난하게 해내는 것보다 자기 분야에서 최고로 평가받는 것이 자신의 가치를 높일 수 있는 가장 좋은 방법이다. 기업에서도 어느 부서에 배치하든 무난하게 일을 해내는 직원보다 자기 분야에서 최고의 실력을 발휘하는 직원을 진정한 인재로 평가하고 대우하게 마련이다.

애경이 새로운 사업에 진출할 때마다 사회의 이목을 끌고 기대를 모을 수 있었던 것도 비누회사로 쌓아올린 시장 인지도와 사회적 평가가 있었기에 가능한 일이었다.

보따리장사로 물꼬 튼
세계시장 진출

경영에 채 적응하기도 전에 겪은 오일쇼크로 인해 나는 불황이 기업에 얼마나 무서운 무덤인지를 절실히 깨달았다. 비누나 세제는 생필품이어서 그나마 타격이 적은 편이었지만 일반 소비재를 주력으로 하는 기업은 좀처럼 지갑을 열지 않는 소비자들 앞에 속수무책일 수밖에 없었다.

국내시장만으로는 불안하다는 생각을 그때 하기 시작했다. 국내경기가 불안할 때 든든한 버팀목이 돼줄 뿐 아니라 장차 내수시장이 포화상태에 이르렀을 때 회사의 활로를 열어줄 수 있는 기반을 마련하기 위해서는 반드시 해외로 진출해야 했다. 그리고 무엇보다 세계시장에서 겨룰 수 있는 경쟁력을 미리 키워놓지 않으면 불황보다 더 무서운 글로벌 경쟁시대에 살아남을 수 없을 것으로 내다봤다.

마침 가능성이 엿보이는 시장이 눈에 들어왔다. 중동지역에 건설 붐이 일면서 우리나라에서 파견한 건설회사 직원들이 쓸 물건을 조달하기 위해 중동지역 바이어들이 한국으로 대거 몰려와 생필품을 주문해 들여가고 있었다. 기업은 가만히 앉아서도 엄청난 물량을 중동시장에 팔 수 있었고 우리도 그런 기업 중 하나였다.

"내수시장만으로는 기업이 먹고살 수 없는 시대가 반드시 올 겁니다. 이번 기회에 중동지역부터 해외시장 진출 가능성을 모색해봅시다. 바이어들로부터 주문받는 물량이 이 정도라면 우리가 발로 뛰었을 때 더 큰 시장을 확보할 수 있을 겁니다."

중동지역의 시장 여건을 파악하기 위해 당장 제품샘플을 싸들고 중동으로 날아갔다. 사우디아라비아 공항에 처음 도착했을 때의 그 기분을 나는 아직도 잊지 못한다. '수출'이라는 가슴 벅찬 목표를 향해 이제 첫발을 내디뎠다는 설렘과 미지의 세계를 마주 대하면서 느끼는 막막함이 묘하게 공존하는 그런 기분이었다.

한국에서는 '애경'이라고 하면 누구나 알아주는 기업이었지만 중동지역 무역상들에게는 회사소개서부터 내밀며 애경을 소개하고 싸들고 간 제품을 풀어놓으며 일일이 설명을 곁들여야 했다. 제품을 직접 싸들고 다니며 팔았다고 해서 우리는 그 당시를 '보따리장사' 시절로 추억하곤 하는데 지나고 보니 보따리장사를 하던 그 시절만큼 의욕에 넘치던 때도 없었던 것 같다.

중동지역에서 나는 더욱 희귀한 존재여서 회사소개서에 실린 내 사진과 눈앞의 나를 번갈아보며 "당신이 이 회사 사장이냐"는 질문을 받기 일쑤였다. 한번은 부인이 셋이나 된다는 예멘 갑부에게서 최고급 명품시계를 선물받고는 그 의도를 몰라 당황하기도 했는데 역시 회사소개서에 실린 내 사진을 보고 호의로 가져온 것이라고 해서 나 또한 그 부인들의 선물을 챙겨 보내는 것으로 그 엉뚱하고도 순박한 예멘사람에게 답례를 한 적도 있다.

그렇게 보따리장사도 마다않고 열심히 뛴 덕분에 드디어 1976년, 회사 창립 이래 최초로 우유비누, 유아비누, 크린엎, 트리오 등을 중동지역으로 수출하는 성과를 올릴 수 있었다. 그리고 한번 수출계약을 맺은 회사와는 평생 거래하겠다는 신념으로 제품의 품질과 납품기일, 납품가격 등을 철저하게 지켰다.

해외시장은 무궁무진한 미개척지나 다름없었다. 내수시장만을 대상으로 할 때와는 비교도 되지 않을 정도로 무한한 가능성이 열려 있었고, 시장에서 제품의 우수성이 입증되기만 하면 수출물량도 급속도로 증가했다.

중동지역에 이어 동남아, 홍콩으로까지 해외시장을 확장한 데 이어 샴푸와 린스, 화장품 등을 생산하게 되면서부터 까다로운 일본시장 진출에도 성공했다. 애경이 해외시장을 하나하나 개척해나가는 모든 과정이 국내에서 화젯거리였지만 특히 국내 최초로 홍콩과 일본시장에 진출한 것은 국내 생활용품 업계와 화장품 업계가 깜짝 놀랄 정도로 대단한 사건이었다. 선진국 제품이 범람하는 홍콩과 화장품 선진국으로 유명한 일본은 당시만 해도 국내업계로서는 감히 넘볼 수 없는 장벽 높은 시장이었기 때문이다.

　사실 수출 길을 뚫는 데 가장 애를 먹었던 시장이 일본이다. 소비자와 업계가 까다로워 완제품 수출이 거의 불가능한데다 통관절차도 상당히 복잡했던 탓이다. 업자에게서 주문을 받아놓고도 통관이 되지 않아 공항창고에 쌓아둔 채로 발만 동동 구르다 포기한 적도 몇 번이나 있었다. 그래도 끝까지 일본진출을 포기할 수 없었던 것은 우리 제품에 그만큼 자신이 있어서였고, 선진국 제품과 경쟁해야 세계시장에서 더욱 당당하게 어깨를 겨룰 수 있다고 믿었기 때문이다.

　우리가 수출 길을 열기 위해 끊임없이 세계를 돌고 험난한 진입장벽을 넘기 위해 고군분투하던 당시는 국내에서도 국산제품을 경시하던 시절이었다. 외국과의 기술제휴 등을 통해 선진국 못지않은 수준으로 품질이 향상돼도 외국제품을 선호하는 뿌리 깊은 문화는 쉽게 바뀌지 않고 있었다.

　그런 시대에 해외시장, 특히 선진국 시장으로 진출한다는 것은 단순히 경제적 이익 이상의 의미를 갖는 것이었다. 외국제품에만 환호하던 우리나라 사람들에게 국산제품에 대한 새로운 인식과 자부심을 심어주는 계기가 되었을 뿐 아니라 한국에 대한 해외의 이미지를 바꾸는 계기도 되었기 때문이다. 수출실적이 증가하면서 정부로부터 수출유공업체 표창을 여러 차례 받기도 했지만 정부의 표창이나 수출유공업체라는 명성보다 나를 더욱 들뜨게 했던 것은 수출을 하면서 느끼는 보람과 성취감이었다.

소박한 보따리장사로 시작된 해외수출은 중동과 동남아는 물론 중국, 홍콩, 일본, 미국, 유럽 등 애경의 제품이 수출되지 않는 나라가 거의 없을 정도로 전 세계로 확대됐다. 그리고 세계시장에서 경쟁하며 키운 저력이 있었기에 1990년대 들어 다국적기업들이 국내 생활용품시장에 진입했을 때도 토종기업으로서 다국적기업들과 당당히 어깨를 겨룰 수 있었다.

요즘 백화점이나 슈퍼마켓에 나가 보면 국산제품과 외국제품의 구분이 모호할 정도로 다국적기업이나 합작회사의 제품이 범람하고 있어 국경 없는 시장이라는 말을 실감하곤 한다. 과거처럼 굳이 수출길을 뚫으려고 애쓰지 않아도 자연스럽게 세계시장에서 경쟁해야 하는 시대가 된 것이다.

그러나 아무리 치열한 글로벌 경쟁시대라고 해도 소비자를 만족시키겠다는 기업 본연의 역할에 충실하기만 하면 오히려 세계의 소비자를 대상으로 더욱 폭넓게 기업활동을 할 수 있는 기회가 된다고 생각한다.

치열한 화장품시장에서 대박 낸
역발상 전략

    비누회사로 출발해 치약, 샴푸 등 생활용품사업으로 영역을 확장하면서 1970년대 말부터 염두에 뒀던 사업이 화장품이었다. 비누, 세제와 같은 세정제에 주력하는 선진국의 유력업체들도 기술이 축적되면 치약, 샴푸, 화장품 등 종합생활용품 분야로 사업영역을 확장하는 것이 자연스러운 수순이었으므로 애경도 화장품 쪽으로 진출하는 것이 기술적인 면이나 제품 구성 면에서 적절하다고 판단했다.

    그러나 후발업체라는 사실이 최대의 약점이었다. 당시는 이미 국내 화장품업체들이 치열한 경쟁을 벌이고 있던 화장품 춘추전국 시대였다. 비누회사로는 최고의 명성을 얻고 있었지만 비누회사가 만드는 화장품에 소비자가 관심을 가져줄지 의문이었다. 게다가 1980년대 초까지만 해도 화장품산업 보호를 위해 외국화장품 수입금지조치를 시행해오던 정부가 시장을 개방하겠다는 발표까지 한 마당이었다. 자칫하면 후발업체라는 약점을 안고 수입화장품과도 경쟁해야 하는 최악의 상황이 될 수도 있었기에 시장이 개방되기 전 자리를 잡아야 겠다는 생각으로 화장품 분야로의 진출을 서둘렀다.

그러나 기존 화장품업체와 같은 제품, 같은 판매방식으로는 시장에서 고전할 것이 틀림없었다. 틈새시장을 노려야 했는데 문제는 그 틈새를 찾아내는 데 있었다. 화장품의 종류는 많아도 소비자가 여전히 가려워하는 구석, 업체들끼리 경쟁하느라 미처 돌아보지 못한 틈새를 찾는 것이 관건이었다.

생산자가 아닌 소비자의 입장에서 평소 화장품을 사용하며 아쉬웠던 점부터 하나하나 짚어보기로 했다. 그러자 파고들 여지없이 치열하게만 보이던 시장의 틈새가 보이기 시작했다.

첫 번째가 업체들마다 아름다움만을 강조하면서 정작 중요한 피부건강은 도외시하고 있는 점이었다. 그러나 여성들이 궁극적으로 원하는 것은 피부 결점을 가리는 화장품이 아니라 피부 자체를 건강하고 아름답게 만들어주는 화장품이라고 생각했다. 평소 피부건강에 관심이 많던 나부터가 화장품을 바를 때마다 피부가 좀 더 촉촉해지고 환해지기를 바라고 있었기 때문이다.

두 번째는 화장을 지우는 제품이 없다는 사실이었다. 어느 업체든 화장을 통해 예뻐진다는 사실만을 강조할 뿐 화장한 이후의 뒤처리를 얘기하는 곳은 한 군데도 없었다. 화학물질로 만들어진 화장품,

특히 색조화장품은 깨끗이 지우지 않을 경우 피부건강을 해치는 주요원인이 될 수 있었지만 당시는 이에 대한 문제의식마저 없었던 셈이다.

세 번째는 화장품의 부담스러운 가격이었다. 지금은 중저가 브랜드가 다양해졌지만 당시만 해도 화장품은 비싼 소비재라는 인식이 일반적이었다.

이렇게 세 가지 측면에서 기존 시장의 틈새를 찾아내고는 이 틈새를 파고들 전략을 세웠다. 이미 경쟁이 치열한 색조화장품 대신 기초화장품과 클렌징 제품에 주력하면서 진정한 아름다움은 건강한 피부로부터 나온다는 사실을 마케팅 포인트로 삼았다. 당시는 화장품 수입개방을 앞두고 국내 화장품업체들이 해외 브랜드와 적극적인 기술제휴를 맺고 있었으므로 우리도 미국 폰즈사와 기술제휴를 하고 콜드크림과 바세린 로션을 가장 먼저 출시했다.

그러나 화장품 가격을 낮추는 문제만은 해결책을 쉽게 찾을 수 없었다. 생산이윤을 최소화한다고 해도 유통단계에서 발생하는 비용이 만만치 않았던 탓이다. 당시 화장품은 백화점과 화장품 전문매장, 방문판매를 통해서만 유통되고 있었는데 이 유통구조를 벗어나지 않고는 단가를 낮출 방법이 없었다.

그때 떠오른 것이 슈퍼마켓과 약국이었다. 슈퍼마켓과 약국은 기존 판로보다 유통비용이 적게 들 뿐 아니라 장을 보러 오거나 약을 사러 오는 소비자에게 자연스럽게 제품을 노출할 수 있어 시장확대에도 유리할 것으로 판단했다.

콜드크림과 바세린 로션이 슈퍼마켓과 약국에서 판매되기 시작하자 반응은 폭발적이었다. 소비자들은 예기치 못한 장소에서 화장품을 발견하자 놀라워했고 화장품업계와 언론에서는 신선한 충격으로 받아들였다. 한마디로 경쟁구도에 조용히 뛰어든 후발업체가 아니라 화젯거리를 제공하며 뛰어든 셈이었고 그로 인해 화장품시장에 성공적으로 안착할 수 있었다.

그러나 최대의 히트작은 폰즈사와의 합작관계를 끝낸 후 순수 우리 기술로 처음 만든 클렌징 제품 '포인트'였다. 콜드크림을 출시함으로써 화장을 지우는 개념을 확산시키기는 했으나 당시만 해도 클렌징 제품은 단순히 화장을 지우는 용도로만 인식될 뿐 피부건강의 필수품이라는 인식으로까지는 발전하지 못한 상태였다. 포인트를 출시하며 우리가 세운 마케팅 전략이 바로 이 부분을 공략하는 것이었다. 제품의 장점이 아닌 클렌징의 중요성을 부각하는 것이 목표였다.

그렇게 해서 '화장은 하는 것보다 지우는 것이 중요합니다'라는 유명한 광고카피가 탄생했다. 화장을 아무리 잘해도 깨끗이 지우지 못하면 피부가 망가진다는 내용이 담긴 카피였고, 카피의 메시지는 소비자에게 정확하게 각인됐다. 클렌징은 화장을 지우는 제품이 아니라 피부를 지키는 제품이라는 인식이 확산되면서 포인트의 인기가 치솟기 시작했고 애경은 클렌징 전문 브랜드로 확실히 자리매김할 수 있었다.

후발업체인 애경이 화장품시장에서 성공할 수 있었던 전략이 바로 차별화였다. 아름다움보다 근원적인 피부건강에 주목했기에 제품의 차별화가 가능했고 새로운 판로를 개척함으로써 유통방식의 차별화와 가격 차별화에 성공할 수 있었으며, 포인트의 성공은 마케팅 차별화의 전형이었던 셈이다. 어떻게 하면 남과 다른 것을, 남과 다른 방식으로 접근할 수 있을까 하는 생각이 차별화를 가능케 한 힘이었다.

그러나 남과 다른 것을 남과 다른 방식으로 판매했다고 해도 우리가 소비자의 취향과 욕망에 주목하지 않았더라면 성공 가능성은 희박했을 것이다. 아무리 뛰어난 제품을 독특하게 마케팅해도 결과적으로 소비자의 마음을 움직이지 못하면 실패할 수밖에 없기 때문이다. '싸고 질 좋은 제품'으로 '건강하고 깨끗한 피부'를 가꾸고 싶어하는 소비자의 욕망에 먼저 주목한 후 접근방법을 차별화한 것, 나는 이것이 성공의 핵심요소였다고 생각한다.

새로운 사업을 구상하거나 신제품을 개발할 때 누구도 생각하지 못했던 독특한 아이디어를 낼 수 있다면 그보다 좋은 일은 없을 것이다. 그러나 세상에 없는 것을 처음으로 개발하거나 발견하는 재능은 아무나 가질 수 없을 뿐 아니라 따지고 보면 누구도 생각하지 못했던 것이 현실에서 실현되는 경우도 거의 없다.

전구를 처음 발명한 에디슨도 양초 등을 이용해서라도 어둠을 밝히고 싶어하는 사람들의 욕망을 발명으로 연결한 것이고 비누와 화장품도 위생적인 환경과 아름다움을 추구하는 인간의 욕망과 필요성에 의해 착안된 발명품이다. 다른 사람들은 그저 불편하게만 느끼거나 불편을 기꺼이 감수하고 있을 때 적극적으로 그 불편을 개선하려는 노력이 인류의 위대한 발명과 발견의 원동력이었던 셈이다.

기업이 신제품이나 서비스를 개발하는 과정도 마찬가지다. 기존의 시장이나 제품에서 소비자가 느끼는 불편이나 불만사항, 욕구 등을 정확하게 파악해야 새로운 제품, 새로운 서비스의 창출이 가능하기 때문이다. 이것을 얼마나 빨리 파악해 얼마나 차별화한 전략으로 적용하는지에 따라 시장을 선도하는 기업이 될 수도 있고 시장에서 고전을 면치 못하는 기업이 될 수도 있는 것이다.

현상유지는
안정이 아니라 퇴보다

생활용품사업과 화학원료사업에만 주력하던 애경이 화학이라는 뿌리를 떠나 새로운 나무를 심기 시작한 것이 1990년대 들어서였다. 변화의 물꼬를 튼 사람은 큰아들(채형석·현 애경그룹 총괄부회장)이었다.

1980년대 중반부터 회사일을 돕고 있던 큰아들에게 내가 처음으로 맡긴 임무가, 남편이 비누사업을 하던 영등포공장 부지를 활용해보라는 것이었다. 당시 영등포공장은 대전과 청양 공장으로 모든 생산설비를 넘긴 채 창고로 쓰이고 있었다. 이미 오래전에 쓰임새가 다한 땅이었지만 남편의 꿈이 서린 그 땅을 차마 남에게 넘길 수 없어 '애경유지'라는 법인명만 유지하고 있었다.

"백화점을 짓겠습니다."

땅을 활용할 방법을 연구하던 큰아들이 마침내 내린 결론이 백화점이었다. 한국과 일본의 전문연구기관에 각각 리서치를 의뢰한 결과 유동인구가 많은 지역이니 쇼핑센터가 좋겠다는 동일한 의견을 얻었다고 했다.

'백화점이라….'

백화점사업은 제조업만 해오던 애경의 유통업 진출을 의미하는 것이었다. 회사 임원진 사이에서는 "제조업체인 애경이 유통업에 뛰어드는 것은 지나치게 위험하고 이미 대형 백화점들이 상권을 확보하고 있어 경쟁력 면에서도 승산이 없다"며 반대하는 의견이 대세였다.

그러나 나는 백화점사업이 오히려 절호의 기회가 될 수 있다고 판단했다. 제조업이 애경의 주력사업이자 우리가 전문성을 발휘할 수 있는 분야임에는 틀림없지만 미래를 내다봤을 때 언제까지나 제조업에만 머무를 수는 없었다. 제조업의 한계를 뛰어넘어야 한다면 제조업체로서 유통업에 진출하는 것이 오히려 자연스러웠다. 우리가 만든 생활용품을 우리 백화점에서 소비자에게 직접 판매한다면 생산부터 판매까지 가능해지는 셈이었다.

대형 백화점들이 전국체인망을 구축했다고는 하나 당시 영등포와 구로구 일대는 백화점은커녕 변변한 문화공간 하나 없는 낙후지역이었다. 낙후지역이라는 점 때문에 백화점 영업이 되겠느냐는 의견도 있었지만 단순한 쇼핑센터를 넘어 지역주민들의 문화적 욕구를 충족시킬 수 있는 문화공간으로 만들어낸다면 오히려 지역에 활력을 불어넣는 구심점이 될 수도 있다고 생각했다.

그렇게 해서 1993년 애경백화점(현 AK플라자 구로본점)이 탄생했다. 매장이 공간 대부분을 차지하는 기존 백화점과는 달리 헬스장과 수영장, 볼링장 등 스포츠센터와 문화공간을 파격적으로 넓게 배치한, 국내에서는 보기 드문 백화점이었다.

애경백화점은 영등포와 구로구 일대는 물론 주변의 목동과 광명시 인구까지 끌어들이며 서울 서남부지역의 대표적인 문화공간으로 자리잡으면서 애경의 유통업 진출은 성공작이라는 평가를 낳았다. 이후 수원점, 분당점, 평택점까지 매장을 확대하고 인터넷쇼핑몰 사업으로까지 영역을 확장하게 되었으므로 애경백화점이 변화의 물꼬를 훌륭하게 터준 셈이었다.

회사를 경영하면서 '아, 이래서 경영자는 항상 생각이 복잡하고 바쁠 수밖에 없구나' 하는 생각을 하곤 했는데 기업에는 현상유지가 있을 수 없다는 현실을 깨달으면서부터였다.

처음 경영을 시작할 때는 비누업계에서 최고, 화학원료사업에서 최고가 되기만 하면 좀 편해지지 않을까 내심 기대했었다. 그러나 최고의 자리라는 것이 부단한 노력 없이는 결코 유지될 수 없다는 사실을 이내 깨달았다. '이만하면 됐겠지' 싶어 숨고르기를 하다 보면 어느새 우리 제품보다 뛰어난 제품이 개발돼 나왔고, 생활수준이 향상되면서 소비자의 눈높이도 끝없이 높아지고 있었기 때문이다.

제자리에 서 있으면 뒤로 밀리고 마는 러닝머신처럼 달리지 않으면 뒤처지는 것이 기업의 숙명이기에 퇴보하지 않으려면 발전하는 수밖에 없었다. 경쟁기업에 최고의 자리를 내주지 않으려면 끊임없이 신제품을 개발해야 하고, 그렇게 최고의 자리를 유지하게 된 후에는 또 다른 도전을 감행해야 기업의 지속적인 발전이 담보되는 것이다.

애경백화점은 제조업에서 확고한 지위를 굳힌 애경의 새로운 도전이었고 그 도전에 성공함으로써 애경은 비약적인 발전을 지속해올 수 있었다. 그리고 유통업이 안정적인 기반을 갖췄을 때 큰아들이 다시 제의해 온 사업이 항공사업이었다. 유통업 진출보다 더 파격적인 사업확장이었다. 대한항공이나 아시아나항공 같은 FSC(Full Service Carrier)에 대비되는 저비용항공사 LCC(Low Cost Carrier)를 설립해 기존 항공업계와 차별화하는 전략으로 승부수를 띄우겠다는 계획이었다.

애경의 항공사업 진출 소식은 당시 대단한 화젯거리였다. 기존 항공업계는 바짝 긴장했고 언론에서는 2대 대형 항공사가 독점해오던 항공시장에 새바람을 일으킬 것이라며 높은 기대감을 나타냈다. 그리고 2006년 국내 최초의 LCC(저비용항공사)로 제주항공이 취항했다.

저비용항공은 불편하고 불안할 수도 있다는 선입관과는 달리 가격 대비 만족스러운 서비스와 안전운항을 책임짐으로써 제주항공은 저비용항공사의 대표적인 성공사례로 손꼽히고 있으며 국내선에 이어 일본, 홍콩, 태국, 필리핀 등 국제선에도 취항해 동북아시아권의 대표적인 저비용항공사로 세력을 확장해가고 있다.

내가 경영을 주도할 때보다 더 큰 보폭으로 성장해나가는 회사를 보면 흐뭇하기는 하지만 현재의 성공에 만족하는 것만큼은 철저하게 경계해야 한다고 생각한다. 성공에 취해 현재에 만족하는 순간 퇴보의 길을 걷게 될 가능성이 높기 때문이다.

언젠가 신문에서 미국 경제전문지인 '포춘'이 선정한 100대 기업의 40년 뒤 생존확률이 4%에 불과하다는 내용을 본 적이 있다. 과거 글로벌기업으로 손꼽히던 기업들이 생존 또는 도산한 행적을 추적함으로써 얻어낸 연구결과였다. 세계적인 기업의 생존확률이 이처럼 낮은 이유가 바로 현실안주였다.

성공의 함정에 빠지지 않는 것, 그로 인해 퇴보하는 미래를 만들지 않는 것이야말로 잘나가는 기업, 잘나가는 사람이 경계해야 할 수칙이다.

3장

남자처럼 생각하고
여자처럼 일한다

Stick to It!

최종결정도, 결정에 따른 책임도 혼자 감당해야 하는 고독한 최고 경영자의 자리. 때론 거대 다국적기업을 상대로 토종기업의 자존심을 걸고 한판승을 거둔 여장부로, 때론 일촉즉발 노사 위기를 불고기 파티로 끝낸 따뜻한 리더십으로 신뢰를 쌓아나감으로써 '믿을 수 있는' 경영자로 인정받게 된다.

타고난 성품에
맞는 옷을 입어라

애경은 여자가 경영하는 우리나라 최초의 기업이었다. 그래서 '여자가 경영하는 회사가 오죽하랴'는 경멸의 시선부터 '여자는 어떻게 기업을 경영하나'라는 호기심 어린 시선까지 회사 안팎의 시선이 내게 쏠리곤 했다.

경영 초기에는 적응하는 것만으로도 힘에 벅찼으므로 회사를 어떻게 경영해야 한다는 지식이나 원칙도 없었다. 그러니 타고난 성격대로 임직원들을 대하고 회사를 운영하는 것이 곧 내 경영방식이었다.

처음 임직원들이 내게 가장 낯설어했던 것이 지나치게 권위적이지 않은 사장의 모습이었다. 당시는 모두가 어려운 상대였으므로 깍듯하게 예의를 차릴 수밖에 없었지만 말단사원에게까지 꼬박꼬박 존칭과 경어를 쓰고 업무지시를 내릴 때조차 "이렇게 해보는 게 어떻겠어요?" "생각을 이렇게 바꿔보면 어떨까요?" 하니 한동안 적응하느라 애를 먹는 모습이었다.

나중에는 "일반사원한테까지 그렇게 깍듯하게 대하면 사장님의 권위가 서지 않는다"며 만류하는 임원들도 있었다. 그러나 나는 권위와 권위주의는 엄연히 다르다고 믿는다. 내가 먼저 권위를 내세우면 권위주의가 되지만 권위를 내세우지 않고 상대를 존중하면 자연스럽게 권위가 서는 법이라고 생각한다. 특히 경영자의 권위는 회사를 잘 이끌어가는 모습을 보일 때 직원들이 저절로 존경하고 따르게 됨으로써 극대화된다고 생각하고 있으므로 사장의 권위를 세우는 것은 아예 안중에도 없었다.

그렇게 권위에 관심이 없다 보니 업무를 처리하다가 궁금한 것이 생기면 담당직원을 호출하는 대신 직접 사무실을 찾아가는 일도 잦았다. 사무실을 찾아가면 또 옆에서 일하는 직원들의 근황이 궁금해지고 해서 이것저것 대화를 나누곤 했는데 그때마다 주위에서는 "부하직원들과 너무 친해지면 존경받지 못한다" "직원들의 긴장이 풀어진다"며 걱정하곤 했다.

그러나 나는 권위를 내세우며 고립된 경영자가 되느니 존경받지 못하더라도 엄마처럼 누이처럼 따뜻하고 편안한 경영자가 되기를 희망했고, 그런 모습이 내게 자연스럽다고 생각했다. 10년 넘게 가정을 돌보고 아이들을 보살피며 살아왔으니 회사 전체를 살뜰하게 챙기고 직원들을 세심하게 배려하는 것만큼은 누구보다 잘해낼 자신이 있었다.

창고로 쓰던 영등포공장에 화재가 났을 때였다. 1978년 여름이었는데 마침 토요일이어서 일찍 퇴근해 느긋하게 TV를 보고 있던 나는 뉴스화면에서 영등포공장이 활활 불타고 있는 장면을 보고는 정신없이 택시를 잡아타고 공장으로 달려갔다. 내가 달려갔을 때는 이미 창고와 그 안에 있던 물건은 거의 타고 화재도 진압된 상태였다.

공장마당에는 직원들이 망연자실한 표정으로 앉아 잿더미로 변해버린 공장을 하염없이 바라보고 있었다. 직원들을 붙잡고 "다친 사람은 없느냐"고 했더니 "사람은 안 다쳤는데 물건을 다 못 꺼냈어요"라며 울먹거리기 시작했다.

창고에 불이 번지자 물건을 하나라도 더 꺼내기 위해 정신없이 뛰어다녔던지 직원들의 모습은 말이 아니었다. 가슴이 울컥할 만큼 감동적이었던 그 순간 나는 재산손실에 대한 안타까움보다 회사의 재산을 지켜내려고 고군분투한 직원들에게 한없이 고마움을 느꼈다.

화재진압을 위해 애쓴 직원들에게 따로 상장과 부상을 전달하는 한편 전체 임직원에게 특별상여금을 지급하고 임금을 인상하는 것으로 고마운 마음을 표현했다. 그리고 생산직 사원들에게만 제공하던 점심식사를 전 직원으로 확대한다는 방침도 발표했다.

화재로 큰 손실을 입은 마당에 임금을 인상하고 점심식사 지원확대까지 하는 것은 재정 여건상 무리라는 의견도 있었지만 회사의 손실보다 직원들의 노력과 수고를 헤아리는 것이 더 중요하다고 생각했다. 그것이 엄마 같고 누이 같은 경영자의 모습이고 내 진심을 표현하는 방법이었다.

나는 여자가 경영하는 회사라고 해서 특별히 달라야 한다고는 생각하지 않는다. 그러나 여성의 리더십과 남성의 리더십에는 분명한 차이가 존재한다는 믿음만큼은 확고하다.

남자는 조직을 강력하게 통솔할 수는 있지만 세심한 배려가 부족하고 공격적 경영에는 능하지만 회사의 내실을 다지는 데는 소홀한 측면이 있다. 또 서열을 지나치게 중시해 수평적 관계에 잘 적응하지 못하는 특징을 보인다. 나는 세심한 배려가 부족하거나 회사의 내실을 다지는 데 소홀하고 권위주의적인 남성 리더십의 약점이 고스란히 여성 리더십의 강점이 될 수 있다고 생각한다.

여성은 강력한 리더십보다 섬세하게 배려하는 리더십을 발휘할 때 조직구성원들의 마음을 얻기 쉽고 공격적 경영보다 내실을 다지는 경영에 더 적합하며 서열을 중시하는 권위적인 리더십보다 상대를 존중하고 화합하는 수평적 리더십으로 조직을 효율적으로 이끌 수 있다고 믿기 때문이다.

그래서 나는 남성적인 스타일의 여성경영인은 그리 바람직하지 않다고 생각한다. 일을 할 때는 남자보다 더 치열해야 하지만 회사를 경영하는 방식에서도 남자처럼 명령하고 권위를 내세우는 여성경영인은 여성의 리더십이 아니라 남성을 흉내 내는 어설픈 리더십에 불과하기 때문이다.

본래 타고나지 않은 성품은 아무리 노력해도 제 것이 될 수 없기에 이런 리더십으로는 남성경영인보다 더 조직을 잘 이끌 수 없다. 또 가식적인 리더십은 남성과 여성 모두로부터 배척당하기 십상이기도 하다.

더구나 현대사회는 여성의 사회진출이 많아지고 남성도 지배적인 리더십보다 민주적인 리더십을 선호하는 방향으로 변화하고 있다. 그래서 남성경영인이 이끄는 기업에서도 직원들에 대한 세심한 배려와 수평적 조직운영을 강조하는 등 여성리더십의 특징을 경영에 적용하려는 모습을 흔히 볼 수 있다. 남성의 리더십보다 여성의 리더십이 유리한 사회로 진화하고 있는 셈이다.

내가 회사를 성공적으로 이끌 수 있었던 것도 타고난 성격대로 여성 특유의 리더십을 적용한 덕분이었다. 상대를 존중하고 배려함으로써 나를 배척하던 사람들의 마음을 얻을 수 있었고, 명령하기보다 협조를 구함으로써 직원들의 자발성과 적극성을 끌어낼 수 있었으며 무엇보다 이런 리더십으로 일할 맛 나는 회사를 만들 수 있었다.

경영 일선에서 물러나기 전까지 본사와 계열사, 공장을 가리지 않고 4000명이 넘는 직원의 얼굴을 전부 기억하고 이름까지는 아니어도 최소한 성까지는 기억할 수 있었던 것도 직원 개개인에 대한 세심한 관심과 배려의 표현이었다. 일반사원일수록 대표이사가 자신의 존재를 기억해주는 것만큼 기분 좋은 일도 드물기 때문이다.

그래서 우리 회사는 이직률이 낮은 것으로 유명하다. 20~30년씩 근무하며 말단사원부터 시작해 계열사 사장 자리까지 오르는 직원도 다른 어느 회사보다 많다. 여자가 경영하는 회사라고 해서 우려의 시선으로 바라보던 사람들을 개의치 않고 내가 가장 잘할 수 있는 내 방식대로 회사를 경영한 결과였다.

누구와도 나눌 수 없는
'고독한 결단'

회사를 이끌어오는 동안 정말 많은 위기와 어려움을 겪었지만 그중에서도 나를 가장 힘들게 했던 것이 결정을 내려야 하는 순간이었다. 그때마다 나는 앞을 알 수 없는 갈림길에 서 있는 기분을 느끼곤 했다. 나 혼자 걷는 길이라면 잘못된 길을 선택했다손 쳐도 혼자 힘들고 후회하면 되는 일이었다. 그러나 최고경영자의 자리란 언제나 수많은 직원을 뒤로한 채 어느 한 길을 선택해야 하는 자리였고 그 선택에 책임을 져야 하는 자리였다.

선택에 이르기까지 주위사람들의 조언과 충고를 귀담아듣기는 해도 최후의 결정은 언제나 내 몫이었고, 그 결정에 따른 책임 또한 누구와도 나눌 수 없는 것이었다. 그래서 주위에 아무리 많은 사람이 있고 아무리 유능한 인재들이 있어도 선택의 순간이 되면 나는 늘 외롭고 두려웠다. 남편의 빈자리가 유독 쓸쓸하게 느껴지는 것도 그런 순간이었다. 나 대신 이 어려운 결정을 내려줄 사람이 있었으면, 나와 책임을 나눠 질 사람이 있었으면 하는, 덧없으나 간절한 바람을 품는 순간이 많았다.

선택을 해야 하는 크고 작은 갈림길을 수없이 만났지만 특히 고통스러웠던 선택이 외국회사와의 합작 결정이었다. 1980년대 이전까지만 해도 애경은 안정적인 내수시장과 가능성 높은 해외시장을 가진 남부러울 것 없는 기업이었다.

그런데 1980대에 접어들면서 거대한 변화의 물결이 밀려들기 시작했다. 외국 브랜드와 무한경쟁을 해야 하는 시대가 다가오고 있었던 것이다. 정부가 시장개방과 수입자유화 방침을 발표하면서 생활용품 시장은 곧 쏟아져 들어올 각종 외국 브랜드에 대한 두려움으로 초긴장 상태에 놓여 있었다.

끊임없이 신기술을 도입하고 개발해 제품 고급화에 최선을 다하기는 했어도 이미 세계시장에서 품질을 인정받은 외국 브랜드의 경쟁력을 따라갈 수 없음은 자명했다. 보호벽이 무너질 경우 경쟁에서 나가떨어질 쪽은 당연히 국내 기업들이었다. 시장개방을 앞두고 국내 기업들은 외국회사와 기술제휴를 하거나 합작을 추진하는 방법으로 자구책 마련에 바빴다.

예고된 무한경쟁 시대에서 애경이 살아남을 방법도 기술제휴나 합작밖에 없었다. 회사의 발전만을 생각했다면 나도 주저 없이 그 길을 선택할 수 있었을 것이다. 그러나 당장 시장에서 살아남겠다고 외국 회사와 손잡는 것이 도저히 내키지 않았다. 애경마저 순수 국산기술을 포기하는 것이 나라와 국민에 대한 배신행위인 것만 같았고 평생에 걸쳐 제품의 국산화, 기술의 국산화에 천착했던 남편의 유지를 거스르는 것만 같았다.

남들에게는 선택의 여지가 없는 길이었지만 나는 합작이냐 홀로서기냐의 갈림길 앞에서 끝없이 번민했다. 합작을 선택하면 편한 길은 열리겠지만 국산기술을 포기해야 했고 홀로서기를 선택하면 토종기업의 자존심은 지킬 수 있겠지만 험난한 가시밭길을 걸어야 했다.

우리도 기술제휴나 합작을 모색해야 하는 건 아닌가 싶어 세계 최대 규모를 자랑하는 다국적기업과 접촉까지 했으나 결단을 내리지 못한 채 고민만 깊어지고 있었다. 그런 시간이 무려 2년이었으니 회사를 경영하면서 그처럼 오래, 그처럼 깊은 고민에 빠져본 적이 없었다.

그 사이 다국적기업에서는 끊임없이 합작을 재촉해왔다. 국내 기업과의 합작을 교두보 삼아 한국시장에 진출하려는 목적 때문이었다. 2년이나 시간을 끈 후 더 이상 기다려달라고 할 수 없는 지경이 되어서야 나는 최후의 수단을 선택했다.

상대 회사에는 가장 나쁜 조건을, 우리에게는 가장 좋은 조건을 제시하는 방법이었다. 그렇게 해서 합작이 틀어진다면 속 편히 포기하고 성사된다면 우리 쪽에 전적으로 유리한 조건이니 손해 볼 것은 없다는 계산이었다.

차라리 틀어지기를 바라는 마음이 컸으므로 나는 철저하게 우리 쪽에만 유리한 조건을 제시했다. 모든 기술은 들여오되 기술료는 내지 않겠다고 했고, 우리를 통하지 않고는 합작사의 어떤 제품도 들여올 수 없다고 못 박았으며 상표선택권도 우리가 갖는 등 한국 위주로 경영을 해야 한다는 조건이었다.

그 정도의 악조건이라면 아무리 한국시장이 욕심나도 포기할 줄 알았다. 그런데 뜻밖에도 그 모든 조건을 감수하고 합작을 하겠다는 연락이 왔다. 최후의 수단까지 동원해가며 상대 회사의 양보를 받아냈음에도 나는 또다시 망설였다.

회사 임원진은 그런 나를 이해할 수 없어했지만 모두가 등 떠미는 길이라고 해서 쉽게 그 길을 선택할 수는 없었다. 당시 얼마나 결단을 내리기 힘들고 의논상대가 없었던지 보스턴에 유학 중이던 큰아들을 두 번이나 찾아가 의견을 구하기도 했다. 자식이라고 해서 책임을 나눌 수 있는 것은 아니었지만 아버지가 남긴 회사이니 적어도 내 고뇌는 이해해주리라 믿어서였다.

두 번 발걸음을 하고서야 큰아들로부터 "합작을 하는 것이 좋겠다"는 답변을 듣고는 오랜 고민을 내려놓았다. 그렇게 해서 1982년 합작계약이 체결됐고 합작 후 내놓은 '럭스' 등이 시장에서 큰 반향을 일으키며 애경은 변화의 물결에 적응해갈 수 있었다.

내게는 외국회사와의 합작 건이 가장 어려운 결단이었지만 회사를 경영하다 보면 어려운 선택을 해야 하는 순간은 수시로 찾아온다. 모두의 반대를 무릅쓰고 경영자의 판단과 직관으로 밀어붙여야 하는 경우도 있고, 회사의 사활이 걸린 중차대한 결정을 해야 하는 경우도 있으며, 때로는 인력구조조정과 같은 가슴 아픈 결정도 해야 한다. 경영자는 결국 이 모든 결단을 혼자 내릴 수밖에 없으며 그 과정에서 생겨나는 저항과 비난도 혼자 감당해야 하고, 결과에 대한 책임도 혼자 질 수밖에 없다.

경영자를 일러 숙명적으로 고독한 존재라고 하는 것은 이 때문이다. 그리고 세계의 모든 기업은 이렇게 무한책임을 감수하는 경영자의 고독한 결단을 자양분 삼아 성장해왔고 또 성장해나가고 있다. 따라서 나는 고독을 견뎌낼 자신과 결단을 강행할 배짱이 없다면 아예 경영자의 꿈은 키우지 않는 편이 낫다고 생각한다. 경영자의 자리는 고독한 결단 없이는 하루도 유지할 수 없고, 어떠한 일도 해낼 수 없다.

목표를 잃는 순간
모든 것이 무너진다

"태극기는 안 됩니다."

다국적기업과 합작계약을 체결한 후 연 창립기념식 자리에서였다. 우리 직원이 태극기를 달려고 하자 합작사 관계자가 만류하고 나섰다.

"한국에 설립한 회사인데 왜 태극기를 달지 못합니까? 우리나라 기업들은 모든 행사에 태극기를 다는 것이 관행입니다."

"합작을 했으니 한국기업만은 아니지요. 태극기는 절대 안 됩니다."

"합작을 했어도 한국에서 기업활동을 하는 거니까 한국식을 따라야지요."

시장개방에 대비해 어쩔 수 없이 선택한 합작이었기에 나는 다국적기업에 먹히지 말아야 한다는 생각으로 가득 차 있었다. 태극기를 다는 정도의 형식은 얼마든지 양보할 수 있는 문제였지만 그렇게 하나

둘 양보하다 보면 그들에게 주도권을 빼앗길 수도 있다고 생각했다. 한국회사임을 선포라도 하듯 나는 식장 한가운데 태극기도 달고 애국가도 부르며 한국식 행사를 끝까지 강행했다. 그러자 합작사 관계자는 "마담 장, 터프우먼"이라며 고개를 설레설레 흔들었다.

외국기업과의 합작은 선진기술과 선진 경영기법을 전수받을 수 있는 절호의 기회이기는 했으나 늘 먹느냐 먹히느냐를 두고 신경전을 벌여야 하는 팽팽한 줄다리기나 다름없었다. 조금만 방심해도 합작사는 자기 쪽에 유리한 방식을 적용하려 들었고, 나는 주도권을 빼앗기지 않기 위해 끝까지 맞서곤 했다.

합작계약을 맺을 당시 합작회사 이름에 두 회사의 이름을 모두 넣자던 합작사의 요구도 끝내 거절했고 양쪽 회사를 대표하는 사장을 각각 두자고 할 때도 "사장이 두 명이면 일만 번거로워진다. 한국문화에 대해 잘 아는 한국사람이 사장을 맡고 당신들 쪽에서는 부사장을 맡으면 된다"고 주장해 관철하기도 했다.

내가 이처럼 한국기업의 방식을 고집했던 이유는 애경의 정체성을 잃지 않기 위해서였다. 합작의 목표는 다국적기업과 경쟁할 수 있는 힘을 기르기 위해서였지 우리가 다국적기업화하는 것이 아니었다. 합작을 통해 아무리 뛰어난 기술을 전수받고 선진적인 경영기법을 익혀도 애경이 더 이상 한국기업이 아니게 된다면 소용없는 일이라고 생각했다. 그것은 오랜 세월 시장에서 쌓아온 애경의 이미지를 무너뜨리는 일이었고 애경을 아끼던 국민에 대한 배신이나 마찬가지였다.

언젠가는 합작이나 기술제휴 없이도 애경만의 능력으로 우뚝 설 수 있는 선진기업이 되는 것이 내 목표였다. 그래서 나는 기회만 되면 그들의 방식을 눈여겨보곤 했다. 특히 인상적이었던 것이 마케팅 기법이었다.

합작 후 샴푸제품인 '썬실크' 광고를 찍을 때였다. 당시 우리나라 기업들은 제품의 이미지와 상관없이 단순히 유명 연예인을 모델로 쓰거나 심지어 오너가 선호하는 연예인을 쓰는 수준이었는데 그들은 모델을 선택하는 기준부터가 달랐다.

나중에야 우리나라에서도 긴 생머리의 샴푸광고 모델이 당연시되었지만 그때만 해도 반드시 긴 생머리 모델이어야 한다는 그들의 고집이 낯설기만 했다. 같은 긴 생머리 모델이어도 제품 이미지와 맞지 않으면 여지없이 퇴짜를 놓는 바람에 60여 명의 모델을 검토한 끝에야 간신히 선정할 수 있었다.

마케팅 개념이 채 정립되지도 않았던 시절이어서 제품 이미지와 맞는 모델 이미지가 무엇인지, 시장조사가 왜 중요한지도 몰랐으므로 그들의 방식 하나하나가 새롭고 충격적이었다. 그리고 기술적인 면에서는 우리가 얼마나 부족한지를 깨닫기도 했다.

합작을 하기 전까지만 해도 나는 우리나라 비누산업의 짧은 역사에 비하면 우리의 기술력도 훌륭하다고 생각하고 있었다. 그런데 그들의 기술력을 눈으로 확인하고는 국산기술의 한계를 인정할 수밖에 없었다.

　내키지 않는 합작이었지만 세계적인 선진기업의 기술력과 마케팅 기법은 전수받을 만한 가치가 충분했고 이를 통해 애경은 한 단계 도약할 수 있었다.

　그리고 목표했던 대로 시장에서 애경의 이미지도 지켜낼 수 있었다. 합작을 통해 제품의 품질이 향상되었을뿐더러 합작회사 이름 없이 '애경'의 이름만으로 판매할 수 있었기 때문이다. 이로 인해 합작 관계가 지속되는 동안 나는 내내 '터프우먼'으로 통했다. 그러나 애경의 이름을 지키고 한국기업의 자존심을 보여줌으로써 얻은 별명이기에 나는 '터프우먼'이라는 젊은 시절의 내 별명이 몹시도 자랑스럽고 또 그립다.

거대 다국적기업과
한국 토종기업의 한판 싸움

합작 이후 내놓는 제품마다 연이어 성공을 거두면서 애경은 이전보다 더욱 탄탄대로를 달리기 시작했다. 우리의 주도권을 넘보는 일만 아니면 뭐든 적극적으로 협조했기 때문에 합작사와의 관계도 좋은 편이었다. 그러나 먹느냐 먹히느냐를 두고 팽팽한 줄다리기를 하던 합작관계는 결국 우리의 발목을 잡고 말았다. 아슬아슬하게 유지되던 밀월관계가 악몽으로 변하는 순간이었다.

순조로웠던 양사의 관계가 삐걱대기 시작한 것은 합작을 하고 3년 후부터였다. 우리 쪽에만 유리하게 체결된 불평등계약이 빌미였다. 합작사의 경영진이 바뀌고 때맞춰 국내시장이 개방되자 합작사는 불평등계약을 문제 삼기 시작했다. 가장 먼저 갈등의 쟁점이 된 것이 제품의 상표였다. 상표를 우리가 원하는 대로 붙이는 것이 애초의 계약조건이었지만 합작사는 세계적으로 유명한 자기 회사의 상표를 붙이자고 주장했다. 합작을 하고도 회사명은 물론 제품명도 알릴 수 없는 처지였으니 합작사로서 부당하다고 여기는 것이 당연하기는 했다.

그러나 어떤 경우에도 계약조건을 양보할 수는 없었다. 시장마저 개방된 상태였으므로 계약조건을 양보할 경우 우리를 통하지 않고는 어떤 제품도 들여올 수 없다는 조항마저 흔들릴 위험이 있었기 때문이다. 그렇게 되면 합작사가 국내시장에서 독자적인 판매활동을 하는 것도 시간문제였다.

내가 계약조건대로 이행할 것을 고집하자 합작사는 아예 업무협조를 하지 않는 방법으로 불만을 표출하곤 했다. 제품명을 결정하는 과정에서 끝내 협조를 거부함으로써 무려 1년 6개월에 걸쳐 개발해놓은 제품의 출시를 한없이 지연시키기도 했고, 의견충돌 때마다 목적도 모호한 장기 해외출장을 떠나버리기도 했다. 그들이 해외출장에서 돌아오기를 기다리다 못해 내 서명만으로 결재를 하고 일을 추진하면 돌아와서는 또 그것을 트집 잡았다.

"합작이란 같이 합의해서 하는 것인데 마담 장이 혼자 마음대로 일을 추진했다. 이는 계약위반이며 우리를 무시한 처사로 마담 장의 잘못이다."

그 즈음 그들은 애경을 합작사가 아닌 자회사로 만들고 싶어하는 야심을 노골적으로 드러내고 있었고, 애경의 임원 및 기술자들과 따로 접촉해 스카우트를 시도하기도 했다. 화장품사업에 진출하기 위해 합작투자계약을 체결했던 미국 폰즈사가 그 합작사에 흡수되는 과정을 지켜보며 더욱 위기의식을 느꼈다.

합작사의 횡포에 더는 휘둘릴 수 없다고 판단한 나는 합작사와 결별하기로 결정했다. 합작관계를 청산한 후에도 우리가 개방된 시장에서 경쟁력을 발휘할 수 있을지가 최대 관건이었다. 그러나 다국적기업에 먹히느니 가시밭길이어도 홀로서기를 하는 편이 애경의 역사와 자존심을 지키는 길이라고 생각했다.

내가 합작 결렬을 통보하자 합작사는 계약기간이 남았다며 계약위반으로 우리를 고소했다. 합작을 결정할 때 그토록 내키지 않았던 이유가 이런 결말을 예고하는 것이었나 싶은 생각마저 들었다. 그렇게 합작관계를 청산하기 위한 기나긴 법정싸움이 시작됐다.

세계 최대의 생활용품 다국적기업과 애경의 싸움은 누가 봐도 무모한 짓이었다. 합작에 관한 한 최고의 전문가 집단이었던 그들은 교묘한 논리로 번번이 우리의 주장을 묵살하기 일쑤였고 재판은 끝도 없이 거듭됐다.

2년 가까이 재판이 진행되던 그 시기가 내가 경영을 시작한 이후 가장 힘든 시간이었다. 정신없이 일을 하다가도 재판만 떠올리면 영원히 빠져나올 수 없는 수렁 속을 헤매는 기분이었다. 회사 주변에서는 질 것이 뻔한 싸움을 애경이 무모하게 시작했다고도 했다. 그러나 옳고 그른 것은 명백하므로 법정도 옳은 길을 선택하리라 믿었다.

그리고 마침내 1992년, 법정은 우리의 손을 들어주었다. 정의의 승리였고 골리앗에 맞선 다윗의 승리였으며 다국적기업에 맞선 한국 토종기업의 승리였다. 악착같이 발목을 잡아채던 합작사의 손아귀로부터 벗어나자 날아갈 듯 마음이 가벼웠다. 미국 폰즈사가 합작사에 흡수되면서 화장품사업의 합작관계도 자연스럽게 청산됐다.

1990년대를 전후해 합작사와 결별하는 기업은 우리만이 아니었다. 우르과이라운드 등으로 시장개방이 가속화하자 직접 시장 확보에 나서는 외국기업이 많아지면서 합작관계를 청산하는 기업이 늘고 있었다. 우리는 합작사의 횡포를 참다못해 법정싸움까지 불사하며 합작관계를 청산했지만 합작사로부터 일방적으로 결별당하는 기업이 훨씬 많았다.

그리고 그렇게 단독경영에 나선 기업들 중 많은 수가 홀로서기에 실패한 채 하나둘 스러지고 말았다. 무한경쟁 시대의 파고를 끝내 넘지 못한 결과였다. 단독경영에 나서 실패하는 기업의 사례를 보며 나는 바짝 긴장하지 않을 수 없었다. 같은 전철을 밟게 될까 두려워서였다.

그러나 클렌징 제품 '포인트'가 품질과 마케팅에서 모두 대성공을 거두며 우리의 홀로서기 작전에 청신호를 보내오기 시작했다. 그리고 연이어 출시한 기초화장품, 색조화장품, 여드름 전용 화장품 등과 다양한 생활용품이 시장에서 좋은 반응을 얻으면서 완벽한 홀로서기에 성공할 수 있었다. 이 모두가 합작사로부터 전수받은 기술력과 마케팅 기법을 활용해 품질을 고급화하고 마케팅 전략을 선진화한 덕분이었다.

합작사와 결별할 때까지만 해도 이 지긋지긋한 관계만 벗어나면 어떤 가시밭길을 걸어도 상관없다는 각오였다. 그런데 홀로서기에 성공하고 나니 오히려 일찍 갈라서게 해준 합작사가 고맙기까지 했다. 합작사의 횡포가 없었다면 합작관계는 더 오래 지속되었을 것이고 그처럼 일찍 홀로서기에 성공할 수도 없었을 것이기 때문이다.

오르막이라고 생각하고 힘들게 올라온 길도 뒤돌아보면 내리막이다. 결국 오르막과 내리막은 똑같은 비탈길일 뿐인 것이다. 같은 비탈길을 오르막이라 여겨 힘들어하고 내리막이라 여겨 편안해하는 것은 그 비탈길에 서 있는 사람의 주관에 지나지 않는다.

역경과 고난이라고 생각되는 현재의 상황이 먼 훗날 되돌아보면 성공의 열쇠였음을 깨닫게 될 수도 있는 것이다. 합작사와의 오랜 갈등과 아픈 결별이 당시에는 역경과 고난이었지만 이제 와 생각해보니 성공의 열쇠였던 것처럼.

진심보다
든든한 자산은 없다

　나는 우리 사회에 떠도는 말 가운데 '장사꾼의 말은 믿을 게 못 된
다'는 말처럼 잘못된 말이 없다고 생각한다. 양심이 없거나 떠돌이
장사꾼이라면 가격을 속여 팔고 나쁜 물건을 팔아서라도 이윤을 챙
기려 들겠지만 그렇게 하는 장사가 결코 오래갈 리 없기 때문이다.

　진정한 장사꾼은 '물건이 아닌 신용을 판다'는 말도 있다. '어느 집
음식이 맛있다' '어느 회사 제품이 좋다'와 같은 소비자의 평판이 바
로 물건이 아닌 신용을 판매한 결과다.

　어린 시절, 아주 잠깐 사과 장사를 한 적이 있다. 여고 시절에 6·
25전쟁을 만나 부산에서 피난살이를 할 때였다. 부모님의 짐을 덜어
드리려고 시장에서 좌판을 벌여놓고 사과 장사를 시작했는데 첫날은
도저히 손님을 부를 용기가 나지 않아 한 개도 팔지 못했고, 이튿날

부터 간신히 용기를 내 장사를 시작했다. 그런데 조금이라도 멍들거나 상한 것을 손님에게 팔 수 없어 싱싱한 것만 골라 팔았더니 나중에는 팔지 못하는 사과가 더 많이 남아 이문이 얼마 되지 않았다. 그런 내 모습이 한심하다는 듯 옆 좌판 아주머니가 혀를 끌끌 차며 말했다.

"그렇게 좋은 것만 골라 팔면 어떡해. 장사하는 사람은 좋은 거랑 나쁜 것을 섞어 팔아야 이문이 남지."

다음 날도 또 다음 날도 차마 나쁜 것을 팔 수 없었던 나는 결국 장사수완이 없음을 깨닫고 돈도 벌지 못한 채 며칠 만에 장사를 접고 말았다.

그러나 그때 내가 팔고 싶었던 것은 사과가 아닌 신용이었던 것 같다. 내 손님들이 싱싱하고 맛있는 사과만 먹을 수 있기를, 행여 멍들거나 상한 사과를 보고 실망하지 않기를 바라는 마음이 이문이 남기려는 욕심보다 강했기 때문이다.

흔히 신용은 잃기는 쉬워도 쌓기는 어렵다고 하지만 알고 보면 신용만큼 쌓기 쉬운 것도 없다고 생각한다. 진심만 있으면 저절로 따라오는 것이 신용이기 때문이다. 따라서 진심으로 일하는 사람은 거짓말하지 않고 상대를 속이지도 않으며 자기가 할 수 있는 최선을 다하게 마련이다. 이렇게 한결같은 진심으로 사람을 대하면 믿음은 저절로 쌓이고 간혹 실수하는 일이 있어도 최선은 다했지만 사정이 여의치 않았나 보다고 이해받을 수도 있다.

신용을 쌓는 것이 어렵다고 하는 이유는 진심은 없이 신용 자체를 쌓으려고 노력하기 때문이다. 장사꾼이 재료와 가격을 속이면서도 정직한 장사꾼인 척하니까 신용을 얻을 수 없는 것이고, 정치인이 자신의 정치적 잇속만을 챙기며 겉으로만 국민을 위하는 척하니까 신뢰를 얻을 수 없는 것이다.

기업을 운영하는 일도 마찬가지여서 경영자에게서 진심이 보이지 않으면 소비자든 직원이든 거래처든 어느 곳에서도 신뢰를 얻을 수 없다. 소비자가 믿지 못하는 기업은 시장에서 도태될 수밖에 없고 직원이 믿지 못하는 기업은 무능할 수밖에 없으며, 거래처가 믿지 못하는 기업은 고립될 수밖에 없으므로 신용보다 든든한 기업의 자산은 없는 셈이다.

진심을 바탕으로 쌓아올린 신용이 얼마나 큰 힘이 되는지를 나는 IMF 경제위기를 겪으며 경험했다. 합작사와 결별한 이후 홀로서기에 성공하고 평소 무리한 사업확장을 하지 않았던 덕분에 애경은 IMF 경제위기에도 크게 흔들리지는 않았다. 그러나 국가가 부도를 내버렸으니 나라 전체에 외화가 부족해진 것이 문제였다. 원재료를 수입하려면 외화가 있어야 하는데 담보가 충분해도 국내 은행으로부터는 어디서도 외화를 구할 수 없었다.

그때 내가 요청하기도 전에 먼저 도움의 손길을 내밀어준 기업들이 있었다. 1970년대부터 우리와 거래관계를 맺고 있던 일본의 미쓰비시 가스화학과 다이니혼(大日本) 잉크화학공업, 그리고 이토추 상사였다. 합작계약을 체결했던 다국적기업과는 오랜 갈등 끝에 결별 수순을 밟고 말았지만 일본 기업들과는 개인적으로도 친분을 나눌 정도로 돈독한 관계를 유지하고 있었다.

그리고 이 돈독한 관계형성을 가능케 한 배경이 바로 서로의 진심이었다. 이들 회사의 최고경영자를 처음 만났을 때 나는 그들의 소박하고 성실한 품성에 그만 반해버리고 말았다. 오일쇼크의 위기를 넘기며 처음 인연을 맺은 미쓰비스 가스화학의 사장은 우리나라 과장급의 집보다 못한 작고 초라한 집에 살고 있어 나를 반성케 했고, 다이니혼 잉크화학공업의 할아버지 사장은 영국 유학 시절 구입했다는 낡은 양복차림으로 나타나 나를 감동시켰다.

하나같이 단순한 거래관계를 넘어 정을 나누고 싶게 만드는 모습이었고 나는 어느새 거래처 사장이 아닌 진정한 친구로 그들을 대하기 시작했다. 만날 때마다 소소한 가정사부터 개인적인 고민까지 나누지 못할 얘기가 없었고, 서로가 어려움에 처할 때면 누구보다 먼저 발 벗고 나서주는 사이로 발전했다.

우리가 도움을 주는 경우보다 받는 경우가 많아서 감동받고 고마워하는 쪽은 거의 나였다. 그들은 국제시세가 비싸 원료수입에 애를 먹고 있을 때면 시세보다 싸게 원료를 공급해주기도 했고, 생산물량이 많아 재고가 쌓일 때면 계약한 물량보다 더 많이 구매해주기도 하며 언제나 물심양면으로 도움을 주곤 했다. 한일관계가 악화됐을 때도 "국가적인 것은 어쩔 수 없지만 개인적으로까지 연결하지 말고 우리

관계를 계속 유지해나가자"고 먼저 제의해 올 정도였다.

그렇게 번번이 나를 감동시키곤 하던 일본의 거래처들이 IMF 경제위기 때 "우리가 할 수 있는 것은 다해줄 테니 무엇이 필요한지 말해달라"며 나서준 것이었다. 그리고는 연 20~30%의 고금리로도 자금을 융통할 수 없던 당시 운영자금으로 쓰라며 연 3~4%의 낮은 이자로 엔화를 빌려주었고, 외화난을 겪고 있는 우리 처지를 생각해 외상으로 원료를 공급해주는가 하면 원료대금을 외화 대신 제품으로 받아가기도 했다.

눈물겨운 그들의 도움으로 애경은 IMF 위기를 무사히 빠져나올 수 있었고 1999년의 당기순이익이 전년보다 무려 258%나 증가하는 등 어느 기업보다 빨리 IMF 후유증으로부터 벗어날 수 있었다.

단순히 신용만 쌓아온 거래관계였다면 타국의 기업을 위해 그처럼 적극적인 도움은 주지 못했을 것이다. 서로 솔직하고 정직하게 대하며 배려할 줄 아는 진심이 있었기에 가능했던 기적 같은 일이었다.

힘든 때일수록
미래를 대비하라

'잔잔한 바다는 노련한 뱃사람을 만들지 못한다'는 속담이 있다. 거친 비바람에 시달리며 단련돼야 태풍 속에서도 살아남을 수 있는 법이다. 나 또한 온갖 위기 속에서 단련된 뚝심과 인내심이 있었기에 더 큰 위기가 닥쳐도 끝내 돌파구를 찾아내며 견뎌낼 수 있었다.

경영을 시작하면서부터 오일쇼크, 비누산업의 위기, 시장개방, 합작사와의 결별 등에 이르기까지 마치 장애물넘기를 하듯 숨 가쁘게 달려오는 동안 내가 깨달은 것이 있다.

'위기는 다시 찾아온다'는 것이었다. 위기가 닥쳤을 때 극복하려고 발버둥치기보다 위기를 극복할 힘을 미리 길러두는 것, 이것이 진정한 위기 극복의 지혜라고 생각했다. 기업에는 당연히 미래의 성장동력을 만드는 것이 닥쳐올 위기를 극복할 수 있는 최고의 대비책이었다.

1990년대를 앞두고 회사의 21세기를 구상하며 내가 가장 먼저 계획한 것이 대전공장에 이은 새로운 공장의 건설이었다. 1975년 준공한 대전공장이 애경의 성상기를 이끌어온 동력이었다면 애경의 도약기는 다른 공장에 그 역할을 넘겨야 한다고 판단했다. 당시 대전공장 용지는 추가증설이 힘들 정도로 포화 상태에 도달해 더 이상 생산규모를 확대할 수 없는 실정이었다.

다양한 여건을 고려해 공장 부지를 물색한 끝에 충남 청양을 최종 후보지로 결정했다. 대전공장과 자동차로 1시간 거리여서 지리적으로도 적합하고 서해안고속도로 완공을 앞두고 있어 물류수송에도 유리한 입지조건이었다. 기반시설이 거의 없어 공장을 건설하려면 만만치 않은 부담이 따랐지만 청양에 공장을 건설해야 21세기 생산동력으로서의 활용가치가 높을 것으로 판단하고 공장건설을 추진했다. 그리고 1994년 드디어 청양공장이 준공됨으로써 대전공장 시대에 이은 청양공장 시대가 열렸다.

청양공장에 이어 회사의 21세기를 대비한 또 하나의 프로젝트가 화학관련 계열사의 성장동력이 돼줄 종합기술원의 설립이었다. 그러나 순조로웠던 청양공장 건설과는 달리 종합기술원 설립계획은 공사도 시작하기 전에 IMF 경제위기로 무산될 위기에 처하고 말았다. 종합기술원이 들어설 대전 대덕연구단지에서 연구시설을 철수하거나 설립계획을 백지화하는 기업이 늘면서 회사 내부에서도 기술원 건설을 두고 논란이 끊이지 않았다.

"상황이 상황이니만큼 기술원 건설을 보류하거나 취소하고 관련자원을 다른 곳으로 돌려 고비부터 넘기자"는 의견이 우세했다. IMF 위기가 언제 잠잠해질지 예측도 할 수 없는 상황에서 당장 시급하지도 않은 기술원 건설을 강행한다는 것이 상식적으로 위험한 발상임은 분명했다.

그러나 국가부도라는 사상 초유의 사태로 인해 나라 전체가 흔들리면서 공포 분위기에 빠져서일 뿐 사실 애경은 외화부족 외에는 그리 심각한 상황이 아니었다. 부채비율도 양호하고 기술원 외에는 크게 투자하는 곳이 없어 미래가치에 투자할 여력이 충분한 상태였다.

"향후 회사의 50년을 책임질 성장동력을 이대로 포기할 수는 없습니다. IMF 경제위기가 언제 끝날지도 모르는데 다른 회사들이 아무것도 하지 않는다고 해서 우리까지 그럴 필요는 없다고 봅니다. 지금 회사의 재정 상태면 기술원 건설 정도는 충분히 감당할 수 있어요."

우려로 가득한 시선을 뒤로한 채 기술원 건립을 강행해 2001년 '애경종합기술원'이 탄생했다. 화학공업의 선구자 애경이 화학공업의 역사를 새로 쓰는 순간이었다. 그리고 그로부터 10년이 흐른 2010년 현재, 애경종합기술원은 미래산업과 관련된 핵심연구를 담당함으로써 화학관련 계열사는 물론 애경그룹 전체의 든든한 성장기반이 되고 있다.

이렇게 미래의 성장동력을 마련하는 것은 기업의 10년, 더 멀리는 50년, 100년 앞까지도 내다봐야 하는 어려운 결단이다. 사람도 미리 공부하고 경험을 쌓아둔 사람이 더 좋은 직업을 얻고 더 평탄한 삶을 살 수 있는 것처럼 기업도 미래의 불확실성에 대비해야 꾸준히 성장할 수 있고 위기에도 견딜 수 있는 힘이 생긴다.

미래의 성장동력을 마련해야 한다고 하면 흔히 미래를 내다보는 특별한 혜안이 있어야 가능할 것으로 생각하는 경향이 있다. 그러나 기업이 겪어온 과거의 위기, 현재의 상황, 미래 비전이라는 세 가지 요소만 갖춰지면 어떤 성장동력을 마련해야 하는지는 쉽게 예측할 수 있다. 과거의 위기는 미래에 닥쳐올 위기를 반영하고 현재의 상황은 기업을 둘러싼 환경의 변화를 파악하게 하며 미래 비전은 투자해야 할 성장동력을 결정할 때 선택의 범위를 좁혀주는 역할을 한다.

내가 새로운 공장 건설과 기술원 건설을 미래 동력으로 결정한 이유는 신제품과 신기술을 지속적으로 개발하지 않고는 시장에서 살아남을 수 없다는 위기의식 때문이었다. 그리고 제조업체로서 점차 세분화하는 소비재의 종류와 고도화하는 기술력을 의식해 공장과 기술원에 투자하는 것은 당연한 수순이었다.

사실 미래는 누구도 정확하게 예측할 수 없다. 특히 지금처럼 변화의 속도가 빠른 시대에는 미래의 불확실성은 더욱 커지게 마련이다. 그러나 예측할 수 없다고 해서 미래에 대해 아무런 대비도 해놓지 않는다면 불확실한 미래는 반드시 기업의 위기로 다가올 것이다. 미래의 성장동력은 그처럼 불확실한 미래를 헤쳐나갈 기업의 가장 든든한 원동력이다.

한밤의 불고기 파티로 끝난
단식 농성

애경은 노사문제가 없는 기업으로 유명하다. 특히 노동운동 역사에서 투쟁 강도가 높기로 유명한 석유화학사업을 병행하면서도 한 번도 사회적으로 떠들썩한 노사분규가 일어나지 않은 것을 두고 놀라워하거나 부러워하는 기업인들이 많았다.

그러나 노력 없이 얻어지는 것은 아무것도 없듯 우리의 무교섭 임금협상도 오랜 노력의 산물이었다. 아무리 어려운 상대라도 솔직하게 내 입장을 털어놓고 진심으로 호소하면 통하게 마련이라는 신념을 갖고 있었으므로 경영 초기부터 나는 노사 간의 대화를 중시해왔다. 그 덕분에 비교적 큰 갈등 없이 노사관계가 유지되고 있었는데 1980년에 그만 큰 고비를 맞고 말았다.

당시는 사회적으로 대대적인 노동운동이 들불처럼 번지던 무렵이었다. 강원도 사북에서 시작된 노동운동이 전국으로 확대되면서 울산공업단지 내에 있는 삼경화성(현 애경유화)으로까지 그 불길이 옮겨붙었다. 삼경화성 노조는 전에 없이 강경한 태도를 보이며 임금인상과 복지제도 개선을 요구하고 있었고, 삼경화성 경영진과의 협상을 거부한 채 이미 파업에 돌입한 상태였다.

농성장이 온통 "대표이사 나오라"는 구호로 들끓고 있다고 했다. 직접 나서지 않으면 해결될 일이 아니라는 판단이 들었다. 주위에서는 노조가 흥분했으니 위험하다고 말렸지만 저녁 무렵 울산으로 내려갔다.

회사에 도착해보니 입구에는 바리케이드를 쌓아놓고 시뻘건 글씨로 쓴 구호들이 여기저기 나붙어 있었다. 통근용 버스도 유리창이 모두 깨져 흉측한 모습이었다. 전쟁터를 방불케 하는 그 광경에 오금이 다 저렸다. 그러나 어차피 내가 풀어야 할 숙제였다. 영등포공장의 화재를 겪으며 우리 직원들이 회사를 어떤 마음으로 생각하는지 알고 있었기에 내가 진심으로 다가가기만 하면 마음을 열어줄 것으로 믿었다.

바리케이드를 넘어 사무실에서 노조대표들과 마주 앉았다.

"더 잘살기 위해 노조도 있는 게 아니겠습니까. 두들겨 부순다고 무슨 해결이 되나요. 건설적이지 않은 일은 하지 말고 우리 발전적으로 해결합시다."

일단 농성을 풀고 대화를 시작하자는 내 설득에 노조대표들은 수긍은 하면서도 "노조원들이 반대할 것이므로 요구사항이 전부 관철될 때까지는 농성을 풀지 않겠다"고 주장했다. 노조대표가 아니라 노조원 전체를 설득하는 것이 관건이었다. 마당에 정좌하고 있는 노조원들은 벌써 며칠째 단식 중이라고 했다. 마당으로 나가 결연한 표정으로 앉아 있는 노조원들을 보자 원망보다 '얼마나 배가 고플까' 하는 안쓰러운 마음이 먼저 들었다. 회사와 싸우는 노조원이기 이전에 소중한 우리 식구였다. 나 역시 긴장된 상황에서 몇 끼를 거른 채였다.

"굶지 말고 일단 먹고 얘기하자"며 꿈쩍도 않는 직원들을 한 사람씩 일으켜 세워 식당으로 데려갔다.

"저도 여러분 요구대로 다 들어드리고 싶습니다. 그렇지만 회사를 위태롭게 하면서까지 모든 요구를 들어줄 순 없는 거 아닙니까. 여러분이 스스로 선택한 직장인데 그런 직장이 망하기를 바라는 건 아니지 않습니까."

묵묵히 배를 채우고 있는 직원들에게 회사 사정을 있는 그대로 모두 설명하기 시작했다. 상대방 주머니에 돈이 얼마나 있는지 모를 때는 원하는 대로 터무니없는 금액을 요구할 수 있지만 정확히 알고 나면 무리한 요구는 할 수 없는 법이다. 그러나 한쪽이 아무리 진실을 얘기해도 상대가 믿어주지 않으면 그 또한 소용없는 일이다.

다행히 나는 직원들에게 신뢰를 잃은 회사대표는 아니었다. 임금협상을 할 때마다 회사의 매출규모와 자금사정을 한 푼의 거짓도 없이 투명하게 공개하며 진심을 다해 협상에 응해왔으므로 내가 거짓말할 사람은 아니라는 믿음은 있었다.

"들어드리고 싶어도 그럴 수 없는 제 심정도 좀 이해해주세요. 지금보다 회사 사정이 나아지면 여러분이 요구하지 않아도 제가 먼저 해드릴 겁니다. 제 꿈이 뭔지 아시잖아요. 직원들이 모두 행복하게 일할 수 있는 훌륭한 회사를 만들고 싶어한다는 거."

고개를 끄덕이는 직원들이 조금씩 보이기 시작했고 잔뜩 경직돼 있던 표정도 확연히 누그러지고 있었다. 나도 자식 키우는 사람인데 가족을 더 잘 먹이고 잘 입히고 싶은 가장의 마음을 어찌 모르겠는가. 정말 할 수만 있다면 최고의 대우를 해주고 싶은 것이 내 진심이었다. 그러나 회사를 책임지는 사람이 내 마음 편하자고 함부로 인심을 쓸 수는 없는 일이었다. 나약한 온정주의로 인해 회사를 위태롭게 한다면 직원들에게 그보다 더 죄를 짓는 일도 없기 때문이다.

내가 호소를 멈추자 식당 안은 숨소리도 들리지 않을 만큼 조용했다. 직원들이 무엇을 고민하는지 알 것 같았다. 회사 사정을 고려해 양보하는 것이 노동자의 권리를 포기하는 것처럼 생각될 수도 있었고 힘들게 싸워온 지난 며칠이 허무하게 느껴질 수도 있었다. 그래도 직원들은 회사와 함께 사는 길을 선택해주었다. 밤 11시가 넘어 농성이 풀리자 그제야 나도, 직원들도 편안한 얼굴로 서로를 바라볼 수 있었다.

오랜 농성으로 지쳤을 직원들을 위로하기 위해 나는 그 밤에 회사 주변 음식점에 부탁해 불고기 파티를 열었다. 그리고 함께 먹고 마시며 허심탄회하게 얘기를 나눴다. 살벌했던 노사분규가 불고기 파티로 끝나는 순간이었다. 다음 날 일일이 부서를 돌아다니며 "도와줘서 고맙다"고 인사를 전한 나는 서울로 돌아와 난생처음 몸살을 앓았다.

이것이 내가 겪은 처음이자 마지막 노사분규였다. 계열사가 늘다 보니 여기저기에서 불만이 터져 나오곤 했지만 그때마다 현장으로 달려가 진심으로 대화를 나누다 보면 반드시 합의점에 도달할 수 있었다. 그리고 협상을 통해 합의한 내용은 철저하게 이행함으로써 호락호락한 회사는 아니지만 믿을 수 있는 회사임을 증명해 보였다.

노사갈등 없는 회사는 모든 경영인의 바람이다. 회사를 키워나가는 것만으로도 머리가 복잡한데 회사를 위해 함께 고민해주지는 못할망정 발목을 잡는 골칫거리로 생각되는 탓이다. 그러나 겉으로 평온해 보이는 회사라고 해도 노사관계가 좋기만 할 수는 없다. 경영자는 회사 전체를 생각하지만 노조는 노동자의 이익이 우선이기 때문이다.

따라서 노사갈등 없는 회사를 원한다면 노사 간의 이해관계가 갈등으로까지 자라나지 않도록 노력하는 것이 중요하다. 임금을 인상하고 복지제도를 개선해 사내에서 불만이나 불평이 생기지 않도록 최선을 다하는 것도 중요하지만 그보다 선행되어야 할 것이 바로 노사 간의 신뢰 구축이다. 회사는 노조를 믿을 수 있어야 솔직한 대화를 할 수 있고, 노조 또한 회사를 믿을 수 있어야 회사의 노력이 최선임을 받아들일 수 있는 것이다.

노사 간의 신뢰는 사측의 노력 여하에 따라 좌우되는 측면이 크기 때문에 나는 경영자의 인식과 태도가 무엇보다 중요하다고 생각한다. 노조를 골치 아픈 존재로만 여기면 늘 대립할 수밖에 없지만 직원들의 이익을 대변하는 동반자로 받아들이면 화합을 모색할 수밖에 없기 때문이다. 동반자와는 어떤 갈등도 대화와 설득을 통해 해결책을 찾으려고 노력하게 마련이고 되도록 갈등이 생기지 않도록 조심하고 배려하게 마련이다. 그리고 동반자라는 인식이 있을 때 비로소 진심에서 우러난 대화도 가능해진다.

내가 삼경화성의 노사분규를 대화로 풀 수 있었던 것은 내게 특별히 뛰어난 설득력이 있어서가 아니었다. 노조를 회사의 동반자로, 노조원들을 내 가족으로 생각하는 마음이 있었기에 그들의 배고픔을 먼저 헤아릴 수 있었고 그들의 요구를 모두 들어줄 수 없는 현실을 진심으로 가슴 아파할 수 있었다. 그런 진심이 논리적인 설득보다 더 강하게 노조원들의 마음을 흔들었을 것이다.

4장
●

성공을 꿈꾼다면
자기 자신부터
경영하라

Stick to It !

성공적인 인생을 살아가는 사람은 무엇이 다를까? 남다른 재능이 있거나 특별한 행운이 따른 것일까? 성공을 이루는 가장 중요한 조건은 무엇인지, 가정도 지키고 일에서도 성공할 수 있는 비결은 무엇인지, 그리고 어떤 자질을 갖춰야 성공할 수 있는지 등 하나 부터 열 까지 온 몸 으로 절 실 히 겪 는 다 .

행운도 저절로
오는 법은 없더라

다 같이 못 먹고 못살던 시대에 미국 유학을 다녀왔다고 해서 나를 부잣집이나 사회 고위층 집안의 딸로 오해하는 사람이 정말 많았다. 대지주의 아들로 태어나 일본 와세다 대학에서 영문학을 전공한 아버지(장회근)와 일본에서도 귀족학교로 꼽히는 쓰다학원에서 영문학을 전공한 어머니(문금조) 사이에서 태어났으니 부잣집 딸인 것은 사실이다.

서울 명륜동에서 3남2녀 중 막내로 태어나 당시로서는 드물게 혜화동성당 유치원을 다니는 등 부유한 어린 시절을 보냈다. 혜화초등학교 시절에는 합창단 활동도 하고, 전국 콩쿠르에서 상도 자주 받을 정도로 노래를 잘했고, 반장을 도맡을 정도로 공부도 잘하고 성격도 밝은 아이였다.

그런데 광복 이후 토지개혁이 실시되면서 가세가 기울기 시작하더니 6·25전쟁을 거치면서 집안이 완전히 내려앉고 말았다. 부산에서 피난살이를 할 때는 시장에서 사과 장사를 해야 할 정도로 먹고살기 어려웠고, 전쟁이 끝나 서울로 돌아온 후에도 집이 없어 작은아버지 집에 얹혀살아야 했다. 급격하게 가세가 기울면서 속병을 얻은 아버지마저 당뇨와 고혈압으로 돌아가셨으니 엎친 데 덮친 격이었다.

당시 나는 경기여고 2학년에 재학 중이었는데 가세가 기울고 아버지마저 돌아가신 마당에 차마 대학에 가겠다고 할 수 없어 내내 속앓이를 해야 했다. 그러나 대학을 포기하는 것은 내 인생계획에 없는 일이었다. 진로를 뚜렷하게 정한 것은 아니었지만 대학을 졸업하고 사회에서 큰 역할을 하며 당당하게 사는 것, 이것이 당시 막연히 꿈꾸던 나의 미래였다.

돈 들이지 않고 대학 갈 방법을 찾아 이 궁리 저 궁리 하던 그때, 마치 구원처럼 한줄기 서광이 비쳤다. 국비유학이었다. 당시 경기여고 교장직을 맡고 있던 박은혜 선생님은 "돈 없어도 공부할 수 있는 방법이 있다"며 국비장학생을 뽑는 유학시험에 응시할 것을 적극 권했다. 장학생이라는 말에 눈이 번쩍 뜨였다. 우리나라도 아닌 외국에서, 그것도 장학금을 받으며 공부할 기회가 있다니 마치 나를 위해 준비된 혜택인 것만 같았다. 초등학교는 물론 경기여중과 경기여고를 거치는 동안 줄곧 우등생이었으므로 공부라면 자신 있었다.

6·25전쟁 와중에도 대학교수를 초청해 강의를 듣게 하는 등 학구

열이 대단했던 박은혜 선생님의 영향으로 당시 경기여고에서 유학시험에 응시한 학생이 꽤 많았다. 문교부(현 교육과학기술부)와 대사관 등에서 주관하는 세 가지 시험을 치렀는데 응시한 학생들 중 가장 먼저 합격하고는 대학을 고르기 시작했다.

첫째 조건이 장학제도였다. 생활비조차 마련하기 버거운 처지였으므로 학비만 면제받아서는 유학생활을 끝까지 해낼 수 있을지 장담할 수 없었다. 미국의 수많은 대학을 두고 조건을 확인했는데 마침 필라델피아에 있는 체스넛힐 대학으로부터 이공계 전공자에게는 풀 스칼라십을 주겠다는 답신이 왔다.

기숙사는 물론 학비면제, 식사제공까지 되는 제도였으므로 말 그대로 한 푼의 돈도 들이지 않고 공부할 수 있는 절호의 기회였다. 게다가 가톨릭 재단의 여자대학이어서 가톨릭 신자였던 내게 가장 적합한 곳이라는 판단이 들었다. 암기과목보다는 수학, 과학처럼 논리를 요하는 과목을 좋아하고 잘했으므로 이공계 전공자에게만 기회를 준다는 조건도 맞았다.

공부를 끝낼 때까지는 절대 한국 땅을 밟지 않겠다는 각오로 1955년 미국행 비행기에 몸을 실었다. 우리나라 최초의 비행장이었던 여의도공항에서 비행기를 타고 일본, 하와이, 뉴욕을 거쳐 필라델피아까지 가는 멀고도 험한 여정이었다. 난생처음, 그것도 혼자 낯선 이국땅으로 떠나는 길은 가슴이 조여올 정도로 무서웠다. 그나마 다른 유학생들처럼 접시 닦기 같은 험한 일을 할 필요 없이 공부만 죽어라 하면 된다는 사실이 위안이 돼주었다.

그렇게 첫발을 디딘 낯선 땅, 전쟁을 막 치른 가난한 나라에서 온 어린 여학생에게 미국이라는 나라의 거대한 땅덩어리와 풍요는 한마디로 충격 그 자체였다. 비행기에서 내리며 용기를 내자고 수없이 다짐했건만 마치 거인나라에 불시착한 난장이처럼 주눅이 잔뜩 들었다. 체스닛힐 대학에서는 내가 개교 이래 최초의 동양인이었다. 처음 보는 동양인이 낯설었던지 한동안은 어딜 가나 신기한 구경거리가 되어야 했다.

그러나 학기가 시작되자 구경거리가 되든 말든 그런 것에 신경 쓸 여력이 없었다. 영어에 서툴러 당장 수업을 따라가는 것도 벅찼고 무엇보다 풀 스칼라십을 유지하기 위해서는 평균 B학점 이상을 취득해야 한다는 규정이 있었기 때문이다. 살아남으려면 무섭게 공부하는 길 외에는 없었다. 다행히 전공이 화학과목이어서 기호와 숫자가 많았던 덕분에 영어에 서툴러도 아예 암담할 지경까지는 아니었다.

오로지 풀 스칼라십에서 탈락하지 않겠다는 일념 하나로 무섭게 공부에 매달렸다. 첫 1년 동안은 깊은 잠에 빠지면 일어날 수 없을 것 같아 책을 베고 책상에 엎드려 잠들기 일쑤였다. 일요일에도 아침미사에 참석하는 시간 외에는 책을 손에서 놓지 않았고 방학 때도 돈이 없어 귀국할 수 없으니 혼자 학교에 남아 공부만 했다.

그런데 공부는 혼자서만 열심히 하면 되는 것이었지만 문제는 실험이었다. 화학은 실험이 중요한 과목이어서 아무리 공부를 열심히 해도 실험이 받쳐주지 않으면 무용지물인 학문이다. 다른 학생들만큼만 해서는 B학점 이상을 유지하기 어려운 처지였으므로 나는 늘 실험에 목말라했는데 위험물질이 많아 지도교수 없이는 실험실을 쓸 수 없다는 학교규정 때문에 주말이나 방학 때는 발을 동동 구르곤 했다.

그때 패트릭 메리라는 수녀교수가 내 구세주가 돼주었다. "나는 실험실에서 공부하고 있을 테니 언제든 마음 편히 실험하라"며 내가 실험실을 쓰고 싶어할 때마다 자리를 함께해주었던 것이다.

그 덕분에 유학생활을 시작한 지 채 1년도 되지 않은 무렵부터 수업을 정상적으로 따라갈 수 있었고 4년 내내 풀 스칼라십을 유지할 수 있었다. 한국이라는 듣도 보도 못한 나라에서 온 여자애가 독하게 공부하는 모습이 신기하고도 기특했던지 교수님이나 학생들 모두 내게 호의적이었다.

학교생활에 적응이 되자 친구가 많아지면서 행동반경도 넓어지기 시작했다. 부유한 집안 딸이었던 룸메이트 덕분에 카네기홀, 뉴욕 메트로폴리탄 오페라 등에서 열리는 수준 높은 음악회를 관람할 기회도 많았고 주말이면 친구들의 초대를 받아 파티에 참석하기도 했다.

그리고 교내 합창단 활동도 시작했는데 3학년 때는 필라델피아 오페라하우스와 협연하는 푸치니의 오페라 〈나비부인〉에서 프리마돈나를 맡는 영광을 누렸다. 학교는 물론 필라델피아 전체에서도 거의 유일무이한 동양인이라고 해서 프리마돈나 제의가 왔을 때 두렵기는 했지만 거절하지 않았다. 한국인, 그것도 공부만 하는 한국인이 아니라 문화도 즐길 줄 아는 한국인의 존재를 알릴 기회라고 여겼기 때문이다. 어려서부터 노래에는 자신 있었고 체격조건도 서양인들에게 뒤지지 않았다.

공연은 대성공이었다. 합창단 지도선생님이 "추천서를 써줄 테니 이탈리아에 가서 오페라 공부를 제대로 해보면 어떻겠느냐? 그 실력이면 〈나비부인〉 하나만 성공해도 평생이 보장될 것"이라고 할 정도로 반응이 좋았다.

1985년, 체스넛힐 개교 60주년을 맞아 남성 위주의 한국사회에서 여성경영인으로 활약하고 있는 내게 최고영예인 명예법학박사 학위를 수여한다고 해서 모교를 찾은 적이 있다. 그때 학교관계자들로부터 내가 프리마돈나를 맡았던 그 공연이 학교의 전설처럼 전해 내려오고 있다는 말을 듣고는 학교 최초의 한국유학생으로서 부끄럽지 않은 발자취를 남긴 것 같아 뿌듯했다. 그리고 2009년에는 다시 모교 총동창회로부터 '눈부신 업적을 남긴 졸업자상'을 받았는데 그때까지도 그 얘기가 회자되고 있었다.

그렇게 4년, 두려움을 안고 떠났던 유학생활에 성공적인 마침표를 찍었다. 유학생활을 하는 동안 내가 거듭 깨달은 것은 '뜻이 있는 곳에 길이 있다'는 진리였다. 막다른 곳에 부딪힐 때마다 포기하지 않고 길을 찾았더니 정말 길이 열리던 놀라운 경험! 도저히 방법이 없을 것 같던 대학진학 과정이 그랬고 넘을 수 없을 것 같던 낯선 땅의 장벽이 그랬으며 학교 규정마저 넘을 수 있게 만들어준 패트릭 메리 교수님의 도움이 그랬다.

특별히 운이 좋았다고도 할 수 있겠지만 그 운도 저절로 오는 법은 없었다. 내가 행운만을 바라며 대학진학의 길을 모색하지 않았더라면, 그리고 최선을 다해 공부하고 대학생활을 하지 않았더라면 결코 잡을 수 없는 운이었다. 눈앞에 성공으로 가는 문이 있어도 그 문을 열고 들어가는 사람만이 성공의 기회를 잡을 수 있는 법이다.

일이냐? 가정이냐?
양자택일의 함정에 빠지지 마라

미국 유학 시절, 내 꿈은 미국에 남아 화학도로서 전문성을 발휘하며 사회생활을 하는 것이었다. 한국에 돌아가도 전쟁 직후의 폐허 상태여서 전공을 살려 일할 곳도 마땅치 않았고 무엇보다 당시 미국에서는 화학과 졸업생이라고 하면 어디서든 대환영이었다. 대학 3학년 때부터 미국의 대기업은 물론 다국적기업 여러 곳으로부터 취업제안을 받아두었던 터라 졸업과 동시에 그 가운데 한 곳을 골라 취업하리라 마음먹고 있었다.

그런데 내게는 아주 오래전부터 해결하지 못한 숙제가 하나 있었다. 나중에 내 남편이 된 채몽인 씨의 끈질긴 청혼이었다.

어머니 친구의 아들이었던 남편과는 광복 이후부터 명륜동에서 이웃사촌으로 지내오던 사이였다. 내가 유학을 간다고 하자 당시 반도

호텔에서 거창한 송별회까지 열어주었는데 그날 내 어머니를 통해 청혼을 한 모양이었다. 어머니와 가족들 모두 내가 그 사람과 결혼하기를 바라는 눈치였지만 나보다 나이가 많아 평소 "아저씨"라 불렀기에 "어떻게 아저씨랑 결혼을 하느냐"며 펄쩍 뛰었다.

남편의 청혼을 일고의 가치도 없이 거절하고 유학길에 오르자 남편은 사업을 핑계로 수시로 미국을 들락거리기 시작했다. 어찌나 자주 학교에 찾아와 "결혼하자"고 졸라대던지 학교에서도 남편의 존재는 유명했다. 나중에는 수녀교수들까지 "왜 저 좋은 사람과 결혼하지 않느냐, 이해를 못하겠다"며 남편을 거들고 나섰다. 그리고 졸업이 임박한 무렵에는 아예 어머니까지 모시고 필라델피아까지 찾아와 내 승낙이 떨어질 때까지 한국으로 돌아가지 않겠다며 버텼고 결국 어머니의 간곡한 설득 앞에 무너질 수밖에 없었다.

4년 만의 귀국이었지만 미국에서 펼치고 싶었던 꿈을 접고 돌아오는 발걸음이 가벼울 리 없었다. 미국에서 돌아오자마자 1959년 6월 신당동성당에서 결혼식을 올렸다. 당시만 해도 결혼한 여자는 직업을 갖지 않는 것이 당연시되는 분위기였고 여자들이 일할 곳도 변변히 없었기 때문에 결혼과 동시에 살림만 하기 시작했다. 가끔 유학 시절의 꿈이 그리워지기도 했지만 아이들이 태어나면서 희미해져갔다.

그러다 덜컥 남편의 죽음을 맞았던 것이다. 남편의 사업체에 참여할 결심을 하면서 '내가 잘해낼 수 있을까'를 두고 가장 많은 고민을 했지만 넷이나 되는 올망졸망한 아이들 때문에도 선뜻 용기를 낼 수 없었다. 그때 내 유일한 응원군이 어머니였다.

"네 결심이 그렇다면 해봐라. 내가 도와주마."

천군만마를 얻은 듯 든든한 한마디였다. 아마 그때 어머니가 돕겠다고 나서주지 않았다면 경영 참여를 포기했을지도 모를 일이다. 아이들이 걱정되고 눈에 밟혀 일에 집중할 수 없었을 것이기 때문이다. 어머니가 아이들을 다 키워주고 살림까지 도맡아주신 덕분에 나는 회사에만 전념할 수 있었다. 단 한 번도 가정이냐 일이냐를 두고 선택의 갈림길에서 고민할 필요가 없었던 것이다.

나는 결혼하지 않은 여성이라면 상관없겠지만 결혼한 여성이라면 바로 이 점이 사회생활을 성공적으로 해내는 데 중요한 전제조건이라고 생각한다. 일과 가정을 양립하는 것은 어려운 일이고 양쪽 모두를 성공적으로 해내기는 더욱 어려운 일이다. 따라서 사회생활을 하기에 앞서 일에만 전념할 수 있는 주변여건을 만들어두는 것이 중요하다.

내 어머니와 같은 든든한 조력자를 얻을 수 있다면 그보다 좋은 일은 없겠지만 그렇지 못하다면 최소한 남편과 자녀들의 절대적인 이해와 협조라도 얻어야 한다. 이것은 가사분담 차원의 얘기가 아니다. 요즘 맞벌이부부가 늘면서 가사분담을 두고 신경전을 벌이는 부부가 정말 많다고 들었다. 나는 이것만큼 소모적이고 우매한 짓이 없다고 본다. 가사분담을 두고 서로 아옹다옹하다 보면 감정이 상하게 마련이고 그런 가정이 행복할 리 없으며 가정이 행복하지 않으면 밖에서

하는 일이 잘될 리 없기 때문이다. 이것이야말로 가정도, 일도 모두 망치는 길이 아닐 수 없다.

가족의 이해와 협조란 기계적으로 일을 나누는 차원이 아니라 서로를 배려하는 마음이다. 상대가 요구하기 전에 먼저 아이를 돌보고 청소를 할 수 있어야 하며 상대가 좀 힘들다 싶으면 더 많은 집안일을 자발적으로 책임질 수 있어야 한다.

그리고 아이들에게도 일찍부터 독립심을 키워주는 것이 중요하다. 일하는 엄마일수록 아이와 많은 시간을 함께하지 못한다는 죄책감과 걱정 때문에 아이에게 필요 이상으로 관대하게 굴고 간섭하는 경우를 많이 본다.

나 또한 우리 아이들에게 엄마 노릇을 제대로 못하는 것 같아 늘 마음이 아팠다. 그러나 아이들을 믿어주고 열심히 일하며 목표한 바를 성취해나가는 엄마의 모습을 보이는 것만으로도 충분한 교육효과가 있으리라고 믿었다.

그래서인지 우리 아이들은 자기 일은 으레 스스로 해결해야 하는 것으로 받아들이며 자랐다. 옷이며 운동화며 필요한 물건은 스스로 장에 나가 사다 썼고, 과외 공부가 성행하던 시절에도 내가 그런 정보에 어두웠던 탓에 제대로 된 과외도 별로 하지 못한 채 대학입시 준비까지 스스로 알아서 했다. 새벽에 나갔다가 밤에 들어가는 일이 다반사여서 며칠씩 얼굴도 볼 수 없는데다 용돈조차 제때 챙겨주지 못하는 엄마였으니 나름 생존을 위한 궁여지책이었다.

이렇게 든든한 조력자가 있거나 가족의 협조를 얻어 일에만 전념할 수 있는 여건이 마련되지 않는다면 얼마 못 가 일과 가정 사이에서 양자택일을 해야 하는 순간이 반드시 온다. 유능한 여성이 육아문제 때문에 일을 포기하거나 일과 살림, 육아를 혼자 떠안고 힘겨워하다가 나가떨어지는 것이 대표적인 경우다.

나는 여성들은 물론 딸과 며느리에게도 일을 계속 하라고 강조하고 여성인력이 우리나라의 중요한 인적자원이라고 생각하지만 일에 전념할 수 있는 주변여건이 마련되지 않는다면 차라리 가정을 먼저 지키라고 권하는 쪽이다. 일은 그만뒀다가도 다시 시작할 수 있고 내가 아니어도 대신해줄 사람이 있지만 가정은 한번 실패하면 돌이킬 수 없기 때문이다. 특히 일 때문에 자녀양육에 문제가 생긴다면 그처럼 불행한 일도 없다고 생각한다.

그래서 내가 경영 일선에 있을 때는 우리 회사 여사원 가운데 아이를 출산한 사원이 있으면 아이를 책임지고 돌봐줄 사람이 있는지를 확인하고 없다고 하면 휴직을 권하곤 했다.

"아기가 클 때까지 1, 2년간은 아기를 키워라. 그 뒤 재입사를 원한다면 보장하겠다."

그렇게 해서 휴직을 했다가 재입사한 여사원이 드물지 않았는데 일하고 싶어하는 유능한 인력을 육아문제 때문에 내보내야 할 때는 마음도 편치 않았지만 회사로서도 손실이었다. 그때마다 늘 했던 생각이 출산과 육아는 개인이 아닌 사회와 국가적 차원에서 접근해야 한다는 것이었다.

여성이 더 이상 일과 가정 사이에서 양자택일을 고민하지 않아도 되는 사회가 되려면 국가에서 육아를 전적으로 책임지는 시스템 외에는 달리 방법이 없다. 그래야 여성의 사회진출도 활발해지고 전국가적 고민인 출산율 저하 현상도 자연스럽게 해결할 수 있다.

우리보다 먼저 출산기피 현상에 직면했던 유럽의 선진국들이 긴 시행착오 끝에 도입한 시스템이 기혼부부든 미혼커플이든 아이를 낳으면 무조건 국가에서 키워주는 것이었다. 임시방편에 불과한 지금의 출산장려금 정도로는 절대 출산율 증가를 유도할 수 없다는 사실을 정책입안자들이 빨리 깨달았으면 하는 바람이다.

성공은 철저한 시간관리에서
시작된다

흔히 '시간은 누구에게나 공평하다'고 하지만 나는 '시간만큼 불공평한 것도 없다'고 생각한다. 물리적으로 주어진 시간은 똑같아도 그 시간을 인지하는 감각은 사람에 따라 천차만별이기 때문이다.

약속시간에 늦어 서둘러야 하는 사람에게는 무정하게도 빨리 가는 것 같지만 반대로 기다리는 입장에 있는 사람에게는 한없이 더디게만 느껴지는 것이 바로 시간이다. 또 24시간을 48시간처럼 알차게 쓰는 사람이 있는가 하면 하루를 헛되이 흘려보내는 사람도 있으니 생각해보면 시간만큼 오묘한 것도 없다.

불공평은 반드시 혜택을 보는 쪽과 불이익을 당하는 쪽을 만들게 돼 있다. 노력해서 쟁취하는 사람에게는 혜택을 주지만 아무것도 하지 않는 사람에게는 불이익을 남긴다. 부당한 방법으로도 이익을 취할 수 있는 법이나 사회제도 등은 불공평해서는 안 되지만 시간만은 예외다. 시간을 내 편으로 만들 수 있는 유일한 방법은 시간을 알차게 쓰려는 노력밖에 없기 때문이다.

그리고 이 불공평한 시간을 내 편으로 만들면 만들수록 성공 가능성도 높아진다. 하루에 처리해야 할 일을 모두 해낸 사람은 다음날 새로운 일을 함으로써 앞으로 나아갈 수 있지만 반밖에 해내지 못한 사람은 다음날 나머지 반을 해야 하므로 정체될 수밖에 없다. 그래서 공부든 일이든 게으른 사람은 절대 남보다 앞설 수 없는 것이다.

내가 회사 경영에 나선 이후 가장 철저하게 지킨 것도 시간이었다. 타고난 성격이 워낙 부지런해서기도 하지만 내 시간이 온전히 나만의 것이 아니라는 자각 때문이었다.

내가 1시간 게으름을 피우면 내게는 1시간일 뿐이지만 그 사이 업무가 지연된 부서들의 시간을 모두 합치면 10시간이 될 수도 있고 20시간이 될 수도 있는 일이다. 그러므로 책임 있는 직위에 있는 사람일수록, 특히 경영인일수록 누구보다 부지런해야 한다는 것이 내 신념이다.

사람마다 라이프스타일이 다르겠지만 나는 새벽에 능률이 오르는 일명 '새벽형 인간'이다. 그래서 평생 '나인 투 파이브'를 실천해왔는데 흔히 말하는 아침 9시부터 오후 5시까지 일한다는 뜻이 아니라 저녁 9시부터 아침 5시까지 잔다는 뜻이다. 경영 일선에 있을 때는 새벽 5시에 일어나 조간신문을 읽고 그날 처리할 주요업무를 사전 점검하고 계획한 다음 7시에 출발해 7시30분이면 회사에 도착했었다. 그것도 운전기사에게 미안해 애써 자제한 출근시간이었을 뿐 아마 내가 직접 운전을 했거나 대중교통을 이용했더라면 일어나자마자 출근부터 했을 것 같다.

출근하면 라디오의 클래식 방송을 틀어놓고 새로운 사업구상도 하고 새 프로젝트를 기획하기도 하며 업무를 시작할 준비를 했는데 그 시간이 하루 중 가장 한적하고 사치스러운 순간이었다. 경영 초기에는 너무 일찍 출근하는 대표이사 때문에 비서와 직원들이 적잖이 당황하기도 했지만 나 때문에 조기출근할 필요는 없다고 만류해 간신히 안심시키기도 했다.

그러나 회의와 결재만큼은 오전 8시부터 시작했다. 관청과 은행이 업무를 시작하는 오전 9시 이전에 중요한 결정을 내려야 관청과 은행이 문을 여는 것과 동시에 회사 업무를 진행할 수 있기 때문이다. 오전 9시면 벌써 그날 결재는 포기해야 했으므로 내 사무실 앞은 오전 8시 이전부터 결재를 받으려는 직원들이 긴 줄을 서게 마련이었다.

직원들이 좀 고달프기도 했겠지만 대표이사의 결재시간이 들쭉날쭉해 결재를 받으려고 무작정 대기하거나 헛걸음을 하는 일은 없었으니 효율성을 추구하는 직원이라면 오히려 반겼을 것 같다. 이러한 애경의 결재 관행은 지금까지 이어져 하나의 전통이 되었다.

아침 일찍부터 움직여 효율적으로 업무를 진행하면 아무리 할 일이 많아도 시간이 없어 처리하지 못하는 일은 없다. 할 일이 많을수록 시간을 더 잘게 쪼개 더 빨리 업무를 진행하면 되기 때문이다. 그래서 나는 '시간이 없다' '바쁘다'는 핑계로 해야 할 일을 제때 못하는 사람을 높이 평가하지 않는다.

약속시간을 지키는 것도 마찬가지다. 사람들을 만나다 보면 꼭 5분, 10분 늦는 사람이 있다. 그래놓고 '차가 밀려서'라거나 '여기 위치를 못 찾아서'라는 핑계를 흔히 댄다. 우리나라에 차가 많고 길이 복잡한 것이야 누구나 아는 사실이고 목적지의 위치를 잘 모를수록 헤맬 경우에 대비해야 하는 것은 상식이다. 내가 직원을 평가할 때 시간관념을 하나의 척도로 삼는 것도 이런 이유에서다. 시간 하나 제대로 지키지 못하는 사람이 무슨 일을 할 수 있겠는가 싶어서다.

나는 사업상 약속이든 사적인 약속이든 반드시 10분 전에 도착해 상대방을 기다린다. 어떨 때는 행여 늦을까 지나치게 서두르는 바람에 30분이나 일찍 약속장소에 도착하기도 하고 그보다 더 일찍 도착해 있는 경우도 비일비재하다.

언젠가 어느 분이 "장 회장님은 그래도 여잔데 늘 먼저 약속장소에 나가 상대방 남자를 기다리는 것이 모양새가 좀 안 좋아 보인다"고 농담 반 진담 반으로 얘기한 적이 있다. "듣고 보니 그렇네요"라며 한참 같이 웃었지만 이미 습관이 된 데다 내가 5분, 10분을 늦어 혹 상대방이 귀중한 시간을 손해 보는 것은 아닌가 싶어 여자임을 내세워 상대의 용납을 구할 생각은 추호도 없었다.

내가 이렇게 시간관념에 투철하다 보니 우리 가족들도 시간약속 하나만큼은 정말 목숨처럼 여긴다. 오히려 너무 중요하게 생각해서 시간약속이 지켜지지 않는 경우가 더 많다.

한번은 가족모임이 저녁 6시로 잡혀 있었는데 내가 도착해보니 막내아들을 뺀 다른 가족들이 벌써 도착해 있었다. 그래서 곧바로 식사를 시작했는데 식사를 거의 끝마칠 무렵 막내아들이 도착했다. 그런데 그 시간이 정확히 6시였다. 그때부터 우리 손녀들은 "우리 가족은 6시 모임이면 6시에 끝난다"며 우리 가족의 지나치게 철저한 시간관념을 재미있어하곤 한다.

해마다 기일에 맞춰 남양주 묘소에서 갖는 남편의 추도식도 아침 7시에 추도식을 시작하기로 약속하면 어김없이 아침 7시에 추도식이 끝나고 만다. 남들이 보면 정말 '이상한 가족'으로 보이고도 남을 광경이다. 그러나 시간관념에 투철한 사람치고 다른 일을 허투루 하는 경우를 보지 못했으므로 나는 이런 우리 가족이 더없이 믿음직스럽다.

시인이자 작가인 칼 샌드버그가 시간에 대해 남긴 유명한 얘기가 있다. '인생에서 시간이란 곧 돈이다. 당신이 가진 돈은 그것뿐이다. 당신만이 그 돈을 어떻게 쓸 것인지 결정할 수 있다. 다른 사람들이 그 돈을 쓰지 않도록 조심하라.'

운이 좋아 부모를 잘 만나거나 복권에 당첨되지 않는 이상 인생에서 유일하게 내 마음대로 쓸 수 있는 자본은 시간밖에 없다. 그런데 돈은 계획적으로 써야 한다고 생각하면서도 시간은 되는 대로 써도 된다고 생각하는 사람이 정말 많다. 돈은 쓸 수 있는 한계가 정해져 있지만 시간은 무한정 있다고 착각하는 탓이다. 그러나 돈은 저축할 수 있고 남에게 빌릴 수도 있지만 시간은 저축할 수도, 남에게 빌릴 수도 없다. 어제의 시간을 오늘 쓰는 것은 불가능하고 내일의 시간은 쓸 곳이 따로 있는 법이다. 결국 오늘을 헛되이 보내는 것은 그 하루만큼 내가 발전하고 이익을 얻을 수 있는 기회를 버리는 것과 같다.

언젠가 우리나라의 대표적인 CEO들을 상대로 아침 기상시간을 조사해 발표한 기사가 실린 적이 있다. 그 내용에 따르면 조사 대상자의 70% 이상이 아침 6시 이전에 일어나는 습관을 갖고 있었다. 일찍 일어나 운동을 하는 사람도 있었고 나처럼 업무를 시작하는 사람도 있었지만 한 가지 공통점은 그렇게 일찍 하루를 시작하면서 일과를 계획한다는 사실이었다.

일과를 계획한다는 것은 하루에 처리해야 할 업무 중 중요한 업무 순으로 시간을 안배하고 정해진 시간 안에서 가장 효율적인 업무처리 방법을 찾는다는 뜻이다. 이렇게 시간을 계획적으로 쓰면 낭비하는 시간도 없고 게으름을 피울 수도 없다.

물론 부지런하게만 산다고 해서 성공이 보장되는 것은 아니다. 본인의 능력이 모자랄 수도 있고 방향이 잘못 설정되었을 수도 있으며 외부 여건이 따라주지 않을 수도 있기 때문이다. 그러나 부지런해서 성공한 사람은 있어도 게으른데도 성공한 사람은 없다. 계획적으로 쓴 하루하루가 쌓여 오늘보다 나은 내일이 되는 것은 누구도 부정할 수 없고 누구도 비켜갈 수 없는 세상의 진리다.

성공하는 사람이 갖춰야 할
첫 번째 조건

    사람들이 '여성경영인으로 성공하는 비결'을 물어올 때마다 내가 첫 번째 조건으로 꼽는 것이 있다. 바로 건강이다. 건강은 누구에게나 소중하지만 특히 일하는 여성에게는 최우선 조건이라고 생각한다.

    부부나 애인 사이에는 약한 모습을 보여도 이해받을 수 있고 배려받을 수 있지만 업무현장에서는 그것이 곧 여성의 단점으로 부각되는 탓이다. 남성 중심의 사회에서 오랫동안 여성인력의 능력을 인정하지 않으려고 했던 원인 중 하나도 바로 여성의 약한 체력이었다. 여자는 체력이 약해 남자만큼 일할 수 없고 힘든 일을 시킬 수도 없으며 늘 보호하고 배려해야 한다는 불편함으로 인해 여성인력을 기피하게 만들었던 것이다.

    여성과 남성의 타고난 성향이 다르듯 체력의 차이도 분명히 존재하는 것은 사실이다. 그러나 일에 도전한다는 것은 그 일을 해낼 자신이 있고 각오도 돼 있다는 뜻이다. 그 일을 누구와 같이 하든 똑같이 해내야 할 의무와 권리가 있는 것이다.

그런데 남성과 같이 일한다고 해서 힘든 일을 남성에게 미루거나 여자니까 이 정도만 해도 되겠지라고 생각한다면 그것은 자기 스스로 남자들과 동등하게 일할 능력이 안 된다는 사실을 증명하는 것과 같다.

따라서 일을 하려는 여성이라면 자신의 건강과 체력이 그 일을 하기에 적합한지를 따져본 후 도전해야 하고, 일을 하고 있는 여성이라면 건강을 해치지 않도록 자기관리에 철저해야 한다.

회사를 경영하면서 내가 늘 신경 썼던 것도 건강과 체력관리였다. 경영자의 자리라는 것이 늘 스트레스의 연속이고 과로의 연속이다 보니 건강관리에 조금만 소홀해도 건강을 잃을 수 있겠다는 불안감이 있었고, 무엇보다 건강을 잃어 회사에 지장을 주게 될 것이 가장 두려웠다. 다행히 타고난 건강 체질이어서 특별히 운동을 하거나 영양제를 챙겨 먹지 않아도 체력적으로 감당이 안 되는 일은 없었다.

그래도 건강은 건강할 때 지켜야 한다는 믿음이 있었으므로 규칙적인 생활을 통해 늘 체력을 보충하려고 노력했다. 아무리 바빠도 하루 7~8시간은 반드시 숙면을 취했고 세끼 식사도 꼭 제때 챙겨 먹었다.

그리고 내게는 정신적인 스트레스를 풀 수 있는 아주 좋은 비결이 하나 있었다. 친구들과의 수다였다. 어린 시절부터 봐온 친구들이라

워낙 흉허물이 없는 사이여서 내가 가장 편하게 만날 수 있는 사람들이기도 했다. 그래서 시급을 다투는 일만 아니면 친구들과의 모임에는 거의 빠져본 적이 없다.

만나면 사업과 관련된 얘기는 일절 입에 올리지 않은 채 말 그대로 아줌마들의 수다 한바탕에 푹 빠지는 것이 내 삶의 유일한 낙이었다. 그리고 그렇게 수다를 떨다 보면 어느새 스트레스도 말끔히 해소돼 있곤 했다. 규칙적인 생활과 친구들과의 수다가 내가 건강을 유지하는 유일한 비결이었다.

그런데 잘 관리돼오던 건강이 나이가 들면서 이상신호를 보내기 시작했다. 2009년 봄에 암 진단을 받은 것이다. 이상하게도 전혀 충격적이지 않았다. 오히려 '지금이라서 다행'이라는 생각이 들었다. 2005년 경영 일선에서 물러나 이제 내가 없어도 경영에 지장이 없는 상태였기 때문이다. 임파선을 떼어내는 수술을 받고 5개월가량 방사선치료를 받았는데 지금은 순조롭게 회복돼가는 중이다.

나이가 들면 누구나 신체적으로 쇠락하고 결국 죽음을 맞게 돼 있다. 문제는 그전까지 얼마나 건강하게 사느냐다. 특히 책임진 일이 있는 사람이라면 건강 때문에 그 책임을 다하지 못하는 일이 없도록 최선을 다해 건강을 지킬 의무가 있다. 아무리 건강한 사람이라도 바쁘다는 이유로 잠을 줄이거나 식사를 거르고 스트레스에 시달린다고 술과 담배에 의지하는 것은 건강을 망치는 지름길이다.

그리고 그렇게 망가진 건강이 나 자신뿐 아니라 주위사람들에게도 영향을 미친다는 사실을 명심해야 한다. 걸핏하면 몸이 아파 지각을 하고 결근을 하거나 다른 사람은 거뜬히 해내는 일을 체력이 따라주지 않아 못한다면 그 사람을 대신해 누군가가 그 일을 처리해야 하므로 주위에 피해를 줄 수밖에 없기 때문이다.

돈의 노예가 되지 말고
책임감의 노예가 돼라

1993년 애경백화점(현 AK플라자 구로본점)이 개장한 직후였다. 지금이
야 백화점 일대가 번화가가 됐지만 당시만 해도 공단지역에 개점한 첫
백화점인데다 초창기여서 매상이 많지 않다고 담당자들이 울상이었다.

그래서 매상을 올려줄 셈으로 손녀 여섯과 딸, 며느리들을 데리고
백화점을 찾았다. 평소 선물을 사줄 기회가 별로 없어서 그날만은
"마음껏 고르라"며 호기를 부렸다. 그렇게 도합 10명의 여자가 한바
탕 쇼핑을 하고 보니 물건 값이 무려 300만원이 넘었다. 쇼핑을 하는
데는 난생 처음 써보는 엄청난 금액이었지만 인원수를 생각해보고
놀란 가슴을 간신히 진정시키고 있는데 마침 매장직원이 3개월 무이
자할부가 된다고 하기에 3개월 할부로 결제를 했다.

그리고 나중에 친구들을 만나 "쇼핑하는 데 300만원이나 나와서

할부로 샀다"고 했더니 친구들이 "어떻게 회장이 자기 백화점에서 할부를 하냐"고 박장대소를 했다. 창피하지도 않으냐는 뜻이었다. 그러나 내 경제관념으로는 무이자로 3개월 할부가 되는데 왜 거금을 한꺼번에 결제해야 하는지 이해가 되지 않았다.

사람들은 흔히 기업 회장쯤 되면 몇 백만원 정도는 쉽게 쓰는 것으로 오해한다. 물론 꼭 써야 할 곳이면 몇 백 아니라 그보다 더한 거금이라도 후하게 내놓지만 당장 필요하지도 않은 물건을 사는 데는 푼돈도 아껴야 한다는 것이 내 경제관념이다. 그래서 집의 가구도, 사무실의 집기도 망가져서 쓸 수 없는 지경이 될 때까지는 좀처럼 바꾸는 법이 없고, 자질구레한 물건도 언젠가는 쓸모가 있을 것 같아 쉽게 버리지도 못한다.

한번은 회장실의 카펫이 너무 낡았다며 "분위기도 바꿀 겸 한번 바꾸자"는 의견이 나왔다. 하지만 나는 "아직도 좋은데 뭘 바꾸느냐"며 그 자리에서 반대하고 말았다. 이렇게 분위기를 위해서 바꾸고 멋진 새 물건이 나와서 바꾸고 하는 식의 소비를 나는 가장 싫어한다.

가세가 기울기 전까지 부유하게 살기는 했어도 부모님은 교육에는 아낌없이 투자한 반면 사치는 허용하지 않았다. 어려서부터 검소함이 몸에 배어 있었기에 나중에 닥친 경제적 어려움에도 크게 충격 받지 않고 극복할 수 있었던 것 같다. 유학 시절에는 전쟁 직후의 한국으로 가는 구호물자에서 옷을 골라 입고 신발을 골라 신으면서도 미국친구들에게 하나도 부끄럽지 않았다.

그 시절에는 돈이 없어서 못 썼다고 치고 돈이 있는 지금도 왜 풍족하게 쓰지 못하느냐고 반문할지도 모르겠다. 그러나 검소함과 인색함은 차원이 다른 문제다. 검소함은 돈을 쓰기에 앞서 꼭 써야 할 돈인지, 아닌지를 생각해보고 적절히 지출규모를 관리하는 것인 반면 인색함은 꼭 써야 할 돈도 무조건 아끼는 것이다. 검소한 사람이 돈의 주인이라면 인색한 사람은 돈의 노예라고 할 수 있다. 돈을 생활하는 데 필요한 수단이 아닌 목적으로 대하는 사람이 바로 돈의 노예다.

돈 자체가 목적이 되면 부당한 방법으로도 돈만 벌면 된다고 생각하고 아까워서 남에게 베풀지도 못한다. 이런 사람이 많은 사회가 행복할 리 없다. 그래서 나는 개인도 마찬가지지만 기업에도 돈은 목적이 아닌 수단이 되어야 한다고 생각한다. 기업이 돈을 벌어야 하는 이유는 세 가지다.

첫째는 기업의 지속적인 성장을 위해서다. 그래야 소속된 직원과 그 가족의 생계를 책임질 수 있고 더 많은 직원을 고용해 생계수단을 제공할 수 있다.

둘째는 더 좋은 제품을 싸게 공급하기 위해서다. 제품을 개발하고 대량생산하기 위해서는 반드시 연구개발과 시설에 대한 투자가 뒷받침돼야 하므로 이를 위해서도 기업은 적절한 이윤을 추구해야 한다.

셋째는 사회적 책임을 다하기 위해서다. 기업을 잘 성장시켜 고용창출효과를 높이는 것도 사회적 책임에 속하지만 기업이 이윤을 많이 남겨 더 많은 세금을 내고 기부 등의 형식으로 사회환원을 실천하는 것은 더 넓은 의미의 사회적 책임이라고 할 수 있다.

　돈을 버는 방법 또한 정당해야 함은 물론이다. 소비자로부터 선택받을 수 있도록 좋은 물건을 만들어 공정한 방법으로 판매해야 하는 것이다. 부도덕한 방법으로 이윤을 추구하면 보다 쉽게, 보다 많은 이윤을 얻을 수 있을지는 몰라도 그런 기업은 반드시 소비자로부터 외면당하거나 사회적 지탄의 대상이 되기 십상이다. 그래서 아무리 많은 이문이 보이는 길이라도 정당한 방법이 아니면 눈길도 주지 않았다.

　내가 돈을 최우선으로 추구하는 사람이었다면 애초 경영에 나설 생각조차 하지 않았을 것이다. 남편이 세상을 떠나면서 회사지분이 아이들에게 승계돼 아무 일도 하지 않고도 먹고살 걱정은 없었기 때문이다. 그럼에도 그 어려운 길을 가기로 결심한 이유는 딱 하나, 책임감 때문이었다. 아이들에 대한 책임감과 남편이 남겨놓은 회사에 대한 책임감, 그리고 여성의 능력을 보여주고야 말겠다는 책임감이었다. 그리고 경영을 시작한 후에는 직원과 그에 딸린 가족을 생각하면 아무리 힘들어도 쉽게 발을 뺄 수 없었다.

　사회생활을 하는 개인도 마찬가지라고 생각한다. 돈의 노예가 되면 돈 때문에 하기 싫은 일을 억지로 해야 하므로 일의 능률도 오르지 않고 능력도 인정받기 어렵지만 책임감의 노예가 되면 일에 대한 욕심도 생기고 능력을 인정받고 싶은 욕구도 커지게 마련이다. 어느 쪽이 사회적으로 인정받고 성공하기에 유리할지는 굳이 따져볼 필요도 없을 것이다.

한 가지 이상의 외국어는
반드시 익혀라

미국 유학 시절 익힌 유창한 영어 실력 덕분에 사업을 하는 동안 정말 많은 도움을 받았다. 오일쇼크 때 걸프사 사장을 설득할 때도 영어에 자신이 있었기에 더욱 당당할 수 있었고 통역을 통했더라면 제대로 드러나지 않았을 절박한 심정도 충분히 전달할 수 있었다.

영어는 이후 미국, 유럽, 일본 등의 대기업 또는 다국적기업과 합작을 추진할 때도 유용하게 쓰였고 수출 길을 여는 데도 든든한 디딤돌이 돼주었다. 경영을 시작하면서부터 외국어의 필요성을 절실히 깨달은 나는 그때부터 틈만 나면 직원들에게 외국어의 중요성을 강조해왔다.

신년사와 그룹 조회에서는 "우리는 세계인과 더불어 살면서 비즈니스를 해야 한다. 그러려면 그들의 정신과 문화를 알아야 하고 그들과 커뮤니케이션을 할 줄 알아야 한다"는 당부의 말이 한 해도 빠지는 법이 없었다.

해외시장을 개척하려면 직원들의 외국어 실력이 반드시 필요하다는 생각 때문이었다. 통역을 쓰는 방법도 있지만 직원이 직접 설명하고 설득하는 것보다 효과가 떨어질 것은 자명한 이치였다. 그래서 모든 임직원이 적어도 외국어 하나쯤은 능숙하게 구사할 수 있게 되기를 희망했다. 외국어를 익히다 보면 자연스럽게 그 나라의 문화와 감성까지 접할 수 있으므로 시장진출 전략을 세우는 데도 유리한 법이다.

그저 공부하라고 강조만 한 것이 아니라 실제 회사 차원에서 지원도 아끼지 않았다. 1973년부터 본사직원들을 상대로 원어민 강의를 시작했으므로 당시 기업으로서는 꽤 드문 경우였다. 영어강의는 화요일부터 금요일까지 오전 8~9시 사이에 진행됐는데 참여하는 직원들의 열의 또한 대단했다.

그리고 1990년대 들어서는 10년 이상 근무한 직원들을 대상으로 3개월 과정의 미국연수 프로그램을 운영하고 있기도 하다. 이 프로그램을 도입하는 데 결정적인 역할을 해준 사람이 바로 유학 시절 큰 은혜를 베풀었던 패트릭 메리 수녀였다. 졸업 이후에도 각별하게 지내던 메리 수녀를 통해 로베르타 리베로 수녀를 알게 됐고, 리베로 수녀가 필라델피아에 교육기관을 세운다고 해서 책상 등 교육관련 기자재를 후원했다. 그 과정에서 리베로 수녀와 의기투합해 만든 것이 미국연수 프로그램이었다.

이렇게 직원들의 어학교육에 심혈을 기울이면서 동시에 우리나라의 인재를 기르는 곳으로도 눈을 돌렸다. 대학이었다. 외국어에 능통한 인재를 많이 길러둘수록 기업은 별도 교육 없이도 유능한 직원을 채용할 수 있고 무엇보다 세계와 경쟁해야 하는 우리나라의 좋은 자원이 될 것으로 믿었기 때문이다.

1997년 50여 나라의 언어를 가르치는 한국외국어대학교 국제관에 8개 언어를 동시통역할 수 있는 국제회의장을 만들어 기증했고, 학교 측에서는 이곳에 '애경홀'이라는 이름을 붙였다. 이 이름 덕에 "외대 출신이냐" "우리 동문이냐" 같은 질문을 참 많이도 받았다. 그리고 한국외국어대와 홍콩대가 교환학생 프로그램을 만든 후부터는 교환학생 교육비용도 지원하고 있다.

내가 이렇게 외국어 교육에 관심이 높은 이유는 단순히 통역을 통하지 않고도 외국인과 협상할 수 있는 인력을 원해서가 아니다. 어떻게 보면 외국어는 하나의 기능에 지나지 않을 수 있다. 그러나 자신이 상대하는 나라의 언어를 잘하고 못하고에 따라 자신감에 차이가 생긴다. 그 나라 말을 능숙하게 구사할 수 있다면 자신 있고 당당하게 대화를 이끌어갈 수 있는 반면 상대의 말을 제대로 알아듣지 못하거나 내 표현을 자유롭게 하지 못하면 아무리 통역을 동원해도 주눅이 들게 마련이다. 마음가짐에서부터 벌써 지고 들어가는 것이다.

내가 선진국의 내로라하는 대기업, 이름만 들어도 주눅 들기 십상인 유명한 다국적기업들 앞에서 기죽지 않고 당당하게 우리의 권리,

우리의 자존심을 지킬 수 있었던 것도 영어라는 강력한 무기가 있었기 때문이다.

외국어를 알아야 외국인과 대화할 수 있고 대화가 가능해야 그들과 어깨를 나란히 하며 그들과의 경쟁에서 이길 수 있다. 더구나 지금은 전 세계가 하나의 시장, 하나의 네트워크로 연결된 국제화 시대다. 미래에는 아예 국경의 개념조차 없는 세계의 단일 시장화가 더욱 빨라질 것이다. 사회적 성공을 꿈꾸면서도 외국어에 소홀한 것은 배도 없이 맨몸으로 거친 바다를 건너겠다는 것과 같다.

그러니 하나의 외국어를 모국어처럼 구사할 수 있는 능력은 국제화 시대를 살아내기 위한 기본조건에 지나지 않는다. 최고가 아니라 최선이라는 뜻이다.

최고가 되려면 모국어처럼 구사할 수 있는 언어가 많으면 많을수록 좋다고 생각한다. 그에 미치지 못한다면 적어도 하나의 언어는 모국어처럼, 나머지 언어는 일상적인 대화가 가능한 수준까지라도 만들어 두는 것이 좋다. 그래야 사적으로도 교류할 수 있는 범위가 넓어진다.

내가 일본과 합작을 추진하면서 일본어를 배우기 시작한 것도 이런 이유에서였다. 그 덕분에 일본 합작회사와는 경영 일선에서 물러난 지금까지도 가족처럼 끈끈한 관계가 유지되고 있다.

그리고 얼마 전부터는 중국어 공부를 새로 시작했다. 계열사들이 중국시장에 진출한 후 홍콩이나 중국법인을 오가면서 자연스레 싹튼 중국어 욕심 때문이었다. 매주 두 차례 중국어 강사를 초빙해 공부를 하고 독학도 열심히 해서 지금은 능숙한 대화까지는 안 돼도 그들의 말은 다 알아들을 수 있을 정도로 발전했다.

우리도 우리말을 배우려고 노력하고 우리 문화를 이해하려는 외국인이 반갑듯 외국인도 마찬가지다. 그들의 언어와 문화에 관심을 갖는 것은 단순히 업무를 위해서뿐 아니라 열린 가슴으로 다가가려는 진정성을 보여주는 것이다.

작은 일에 소홀하면
큰일도 망친다

　나는 사무실보다 공장을 좋아해서 틈만 나면 우리나라는 물론 세계 각국의 공장 둘러보는 일을 취미생활처럼 즐겨왔다. 그렇게 수많은 공장을 돌아다녔더니 나중에는 공장의 규모와 운영상태만 봐도 그 회사의 환경과 경영상태, 회사원들의 정신상태, 나아가 국가의 저력까지 엿볼 수 있게 되었다.

　그중 가장 대비되는 곳이 유럽이나 미국의 공장과 일본의 공장이었다. 유럽과 미국의 공장은 규모부터 웅장해서 보는 이를 압도하는 맛이 있지만 공장 구석구석을 잘 들여다보면 지저분하기 짝이 없는 곳이 많았다. 반면 일본의 공장은 좁은 장소에 오밀조밀 기계설비들이 가득 차 있어 이것이 과연 대기업의 공장인가 싶게 규모는 작지만 깨끗하고 정갈한 것이 인상적이었다.

일본 미쓰비시 공장을 방문했을 때였다. 효율적으로 배치된 작업환경과 질서정연한 직원들의 작업태도에 감탄하며 발길을 돌리다가 놀라운 광경을 목격했다. 작업을 끝낸 직원들이 수돗가에 줄을 서 있기에 손을 씻으려나 보다 생각하며 대수롭지 않게 여겼는데 자세히 보니 그들이 씻고 있는 것은 자신의 손만이 아니었다. 하루 종일 끼고 있던 장갑을 비누질해 깨끗이 빨아서는 수돗가 위의 빨랫줄에 나란히 걸어두고 있었던 것이다.

그 장면을 보는 순간 우리 회사 공장이 떠올랐다. 작업이 끝남과 동시에 빨랫줄이 아니라 쓰레기통으로 직행하던 장갑들, 기름때 전 장갑으로 그득 차 있던 쓰레기통이 스쳐 지나갔다.

일본사람들이 장갑 한 짝이 아깝고 비싸서 일일이 빨아 쓸 리는 없었다. 상사나 최고경영자가 지시했다고 해도 이름이 쓰인 것도 아니어서 다음날 누가 쓰게 될지도 모를 장갑을 그처럼 깨끗하게 빨 수는 없다. 또 일회용 장갑을 혼자 몰래 버린다고 해서 회사에 큰 손해가 나는 것도 아니고 누가 뭐랄 사람도 없었다.

그것은 회사의 작은 물건 하나까지 소중히 생각하고 아끼는 마음이 없으면 결코 우러나오지 않을 성실함이었다. 나는 경제대국 일본의 저력이 바로 그런 정신과 자세라고 생각한다. 작은 일에도 최선을 다하고 책임을 완수하는 국민이 있었기에 풍족한 자원 없이도 세계 어느 누구도 무시하지 못하는 오늘의 일본이 있는 것이다.

아마 우리나라 국민에게 일본의 그런 모습을 본받아야 한다고 얘기하면 '그거 얼마나 한다고 쩨쩨하다' 느니 '그런 데 쓸 시간에 다른 일을 하는 것이 더 생산적'이라느니 하는 반응이 돌아올 것이다. 쩨쩨하고 불필요한 일로 여겨질 수도 있다.

그러나 내가 말하고 싶은 요점은 기본에 대한 것이다. 작은 일을 못 해내는 사람은 큰일도 해낼 수 없고 작은 일부터 챙기지 않으면 큰일을 할 때 반드시 허점이 나타나는 법이다.

회사의 계열사 가운데 애경개발이 조성해 운영하는 골프장이 있다. 경기도 광주 곤지암의 중부컨트리클럽인데 몸이 아프기 전까지는 이곳을 거의 주말마다 찾았었다. 골프를 그리 즐기는 편이 아니어서 대부분 골프보다는 잔디 상태를 점검하는 것이 내 일이었는데 그렇게 골프장을 한 바퀴 돌고나면 꼭 내 손에는 담배꽁초가 수십 개씩 들려 있었다.

그렇게 돌아보다 보면 눈길 가는 곳마다 잡초가 덥수룩하게 자라 있었다. 정기적으로 인력을 동원해 잡초를 뽑고 청소를 하고 있었으므로 관리상태가 소홀한 것도 아니었다. 원인은 단 하나, 잡초를 뽑고 청소를 하면서 최선을 다하지 않았던 것이다. 돈 받고 하는 일이니 대충 마무리하고 돈만 받으면 끝이라는 생각이 있었기에 눈앞에 잡초와 꽁초가 보여도 대수롭지 않게 넘겼을 것이다. 자기 일에 자부심이 없고 책임감이 없기 때문에 취할 수 있는 전형적인 태도라고 생각한다.

이렇게 자기 일에 최선을 다하지 않는 사람이 맡은 일을 잘해낼 리 없고 맡은 일을 잘해내지 못하면 반드시 신뢰를 잃고 만다. 일자리 자체를 잃을 수 있는 것이다. 내가 애경을 이끌면서 가장 두려워했던 것도 바로 소비자의 신뢰를 잃는 것이었다. 그 신뢰가 깨지는 지점이 단 하나의 부실한 제품, 하자 있는 제품이라는 생각으로 작은 비누 하나도 소홀히 하지 않았다.

내가 사무실보다 공장을 더 좋아하고 자주 찾았던 이유도 생산현장에서부터 최선을 다하지 않으면 애경의 존립 자체가 불가능하다는 믿음 때문이었다. 그래서 공장을 찾을 때마다 우리 직원들에게 자신이 얼마나 중요한 일을 하고 있는지 누누이 강조하고 자부심과 책임감을 당부하곤 했다.

회사업무를 처리하는 것도 마찬가지다. 내게 맡겨진 업무가 하잘것없는 잡일이라고 해서 최선을 다하지 않아도 된다고 생각한다면 그 사람은 그 일을 맡을 자격이 없다. 자신에게는 그 일이 하잘것없이 보여도 회사 전체를 놓고 보면 빠져서는 안 되는 중요한 업무이기 때문이다.

나는 과자상자나 선물상자 같은 것을 버리지 않고 챙겨두었다가 거기에 이면지를 모은다. 그러고는 이 이면지를 메모용지나 연설문 등의 초안용 종이로 쓴다. 쓸만한 물건을 버리지 못하는 내 성격 때문이기도 하지만 작은 종이 하나도 아껴 쓸 수 있어야 회사의 재정을 쓸데없이 낭비하지 않는 길이라고 생각하기 때문이다.

언젠가 들은 얘기 중에 이런 것이 있다. 정전이 되었을 때 누군가가 촛불을 준비하겠지 하고 어두운 방에 들어갔더니 단 한 명도 촛불을 준비하지 않았더라는 얘기다. 모두 똑같은 생각을 하고 있었던 것이다.

작은 일에 최선을 다하는 것이 이와 같다. 나 하나 정도는 괜찮겠지 하는 생각을 모두가 한다면 결국 아무것도 되지 않는 것이다. 나 하나 정도는 일을 대충해도 되겠지 하는 사람들이 많아지면 회사가 부실해지고, 나 하나 정도는 아껴 쓰지 않아도 되겠지 하는 사람이 많아지면 결국 재정 부담이 늘어난다.

그러므로 내게 맡겨진 일이 가장 중요한 일이라는 생각을 가져야 한다. 작은 일이라도 효율적으로 일을 처리해 최고의 성과를 내도록 노력하면 실력을 인정받아 곧 그보다 더 중요한 일을 맡을 수 있게 될 것이다. 아무리 먼 여정도 한 걸음을 떼는 것부터 시작되는 법이다.

5장

•

여자들이여,
남자의 방식으로
겨루지 마라

Stick to It !

여자가 남자만큼 해서는 실력을 인정받기 어려운 것이 현실. 여성 인력에 대한 사회적 편견도 문제지만 스스로 약한 모습을 보이고 쉽게 양해 받으려 드는 여성들이 그 편견에 일조한 면도 있다. 여성이 사회적으로 성공하기 위해서는 남자와 같은 방식이 아니라 여성의 강점을 살려 성취해야 한다.

잘할 수 있는 일에 집중해 성과를 쌓아라

여성경영인에 대한 부정적인 시선 때문에 경영에 나서기 전부터 무슨 일이든 남자들보다 더 잘해내리라 다짐하며 두 주먹을 불끈 쥐었다. 그런데 경영을 시작하고 얼마 못 가 '여자라서 정말 안 되는 일도 있구나' 하고 포기한 것이 있다. 접대였다.

지금도 접대문화는 우리 기업문화의 병폐로 잔존하고 있지만 내가 경영을 시작할 당시는 사업의 주요 사안은 거의 접대 자리에서 결정된다고 해도 과언이 아닐 정도로 접대문화가 극성이었다. 접대 자리에서 술 마시는 업무만 전담하는 '술상무'가 당연시되던 시대였다. 아마 남자들만 공유하던 그런 문화가 있었기에, 그리고 그 문화 속에서만 사업이 가능하다고 믿었기에 여성경영인에 대해 그토록 불편하고 불안한 눈길을 보내지 않았나 싶은 생각도 든다.

처음에는 바이어를 접대하는 자리라고 해서 자연스럽게 참석했다. 좋은 음식 대접하고 가볍게 술 한잔하며 업무가 순조롭게 진행되도록 친목을 다지는 자리인 줄만 알았다.

당시는 외국 바이어가 오면 이른바 '방석집'이라고 하는 기생집에서 접대하는 것이 일종의 관행이었다. 한국의 접대문화가 외국 바이어들 사이에서도 워낙 유명해 그들도 방석집에서 접대를 받아야 극진한 대우를 받았다고 여길 정도였다. 접대는 으레 그곳에서 해야 한다고 하기에 방석집이 뭐하는 곳인지, 그곳에서 남자들이 어떻게 술을 마시는지 아무것도 모르는 채 따라갔다.

그런데 여자로서 도저히 갈 수 없는 자리였다. 뭐든 남성경영인과 똑같이 하겠다고 각오를 다졌지만 역시 오랜 남성 위주의 사회가 쌓아놓은 벽은 높고도 견고했다. 결국 '여자'로서의 한계를 인정하고 접대는 포기하기로 했다. 그로 인해 회사가 손해를 입는다면 억울하기는 해도 감수하기로 했다. 그때부터 접대 자리가 있으면 나는 저녁만 먹고 돌아오고 뒷일은 임원들에게 맡겼다.

그리고 접대는 어쩔 수 없다고 해도 회사의 주요 사안이 그런 자리에서 결정되지 않도록 관행을 바꿔나가기로 했다. 접대는 일을 일로써 풀지 못하고 편법과 술수로 풀려는 전형적인 병폐였다. 그때부터 바이어와 협상 테이블에서 심도 있는 논의를 진행해 가능하면 그 자리에서 결정을 끌어내는 식으로 업무 진행과정에서 접대의 비중을 줄여나갔다. 그렇게 함으로써 만에 하나 회사가 입을 수 있는 손해를 방지했고, 바이어를 진심으로 대함으로써 접대문화 없이도 일이 추진되도록 노력했다.

접대문화에 대한 사회적 인식이 바뀌면서 지금은 기업도 자정 노력을 하고 있고 아예 술 접대 자체를 하지 않는 기업도 늘고 있다. 애경도 그런 기업 중 하나다. 그러나 아직도 접대문제를 고민하는 여성경영인과 여성임원이 적지 않다. 접대자리에 동참하지 못함으로써 중요한 정보로부터 소외되고 성공이 더디다고 믿는 여성들도 많이 보았다.

나 또한 그런 고민으로부터 자유롭지 않았다. 내가 여자라서, 남성경영인만큼 접대를 못해서 회사에 누를 끼치는 것은 아닌지 늘 걱정이었다. 그러나 여자로서의 한계를 깨끗이 받아들이고 내가 할 수 있는 업무에서 최선을 다하는 방식을 택했다.

평소에는 여자라는 사실을 자각할 새도 없이 정신없이 지냈지만 해외출장을 갈 때면 여자임을 다시 자각해야 하는 경우가 번번이 생기곤 했다. 해외출장에는 계열사 사장이나 임원을 대동하게 마련인데 하필이면 계열사 사장 중에 나와 성이 같은 장 사장이 있어 벌어지곤 하던 일이었다.

처음 장 사장과 같이 출장을 갔을 때였다. 업무를 마치고 투숙을 위해 예약한 호텔을 찾았더니 당황스럽게도 방이 하나만 예약돼 있었다. 사전에 분명 두 개를 예약했음에도 '마담 장'과 '미스터 장'이어서 당연히 부부로 생각하고 방을 하나만 준비했다는 것이었다. 방을 하나 더 달라고 요구하자 뭔가 알겠다는 듯 웃으며 이렇게 물어왔다.

"옆에 붙은 방으로 드릴까요, 마주 보는 방으로 드릴까요, 아니면 아주 떨어진 방으로 드릴까요?"

싸움을 하고 각방을 쓰려는 부부로 오해했던 것이다. 재미있는 부부싸움을 구경하게 됐다는 듯 호기심 가득한 얼굴로 웃고 있는 프런트 직원을 향해 정색하고 "나는 비서예요"라고 말해버렸다. 외국에서도 여성경영인은 드물어서 여자와 남자가 함께 출장을 가면 여자는 당연히 '비서'로 생각하는 분위기였다. 그러니 방을 따로 쓰려면 비서라고 말해버리는 편이 쓸데없는 호기심도 차단하고 구구절절 설명할 필요도 없는 방법이었다.

장 사장과 함께 출장을 갈 때마다 몇 번씩 이런 일이 벌어지곤 하니 그때마다 아예 "나는 비서니까 방을 따로 달라"고 말하는 것이 습관이 됐다.

이렇게 여자라서 어쩔 수 없이 부딪쳐야 하는 상황 앞에서 일희일비하지 않는 것이 중요하다고 생각한다. 접대문화가 여성에게 불리하다고 해서 분노하거나 남이 나를 오해한다고 해서 억울해하는 것으로는 감정만 소모할 뿐 아무것도 바꿀 수 없다. 접대문화가 불만이면 접대 없이도 일을 추진할 수 있는 방법을 찾고, 오해받는 것이 억울하면 실력으로 내 존재를 증명해 보이면 되는 것이다. 물론 호텔 프런트 직원처럼 굳이 내 존재를 증명해 보일 필요가 없는 경우에는 애써 에너지를 낭비할 필요도 없을 것이다.

눈앞에 높은 벽이 놓여 있다고 해서 그 모든 벽을 다 넘을 필요는 없다. 내가 가야 할 길에 그 벽이 장애가 된다면 사다리를 놓거나 줄을 이용해서라도 끝까지 넘어야 하겠지만 굳이 넘지 않아도 될 벽이라면 깨끗이 포기하거나 우회로를 찾는 것이 현명한 방법이다.

이는 결국 집중의 문제다. 내가 지닌 에너지를 집중해야 할 곳과 집중하지 않아도 될 곳, 그리고 먼저 집중해야 할 곳과 뒤로 미뤄도 될 곳을 잘 구분해야 효율적으로 업무를 처리할 수 있고 시행착오도 줄일 수 있는 법이다.

특히 중간간부직에 있는 여성들은 이 부분에 주목해야 한다. 신입사원이나 말단사원일 때는 시키는 일만 열심히 해내면 되므로 크게 상관이 없지만 중간간부가 되면 본인이 처리해야 할 일도 많고 직원들에게 지시해야 할 일도 정말 많아진다. 이때 일의 선후관계를 헷갈려하거나 집중해야 할 업무와 빨리 포기하는 것이 나은 업무를 판단하지 못하면 맡은 업무를 다 해내지 못해 결국 능력 없는 사람으로 낙인찍히고 만다.

할 수 있는 일부터 최선을 다해 성과를 쌓아나감으로써 실력을 기르고 능력을 인정받는 것, 이것이 남성 위주의 사회에서 여성이 존재감을 부각할 수 있는 가장 빠른 길이다.

남자와 경쟁하지 말고
자신과 경쟁하라

애경이 여성경영인이 이끄는 기업이라는 이유로 여직원들을 특별히 대우하지 않느냐는 질문을 받을 때가 많다. 내가 여성의 사회진출과 인력개발에 관심이 많은 것은 사실이지만 그렇다고 여직원을 우대하는 경영을 하지는 않았다. 여자가 경영을 한다고 해서 기업운영이 달라야 한다고는 생각하지 않았기 때문이다.

우리 회사는 군대를 다녀온 직원에 한해 그 기간만큼 임금과 승진을 고려해주는 것 외에는 임금과 승진체계에 남녀차별이 없다. 그런데 이 차이를 부당하다고 생각하는 여직원이 있었다.

자신은 좋은 대학을 나왔고 공부도 썩 잘해서 애경에 입사했는데 왜 급여에 남녀 차이가 있고 승진도 늦느냐고 담당전무에게 항의를 했다는 보고를 받았다. 그 여직원을 조용히 불러 "우리 회사뿐 아니라 한국의 사회구조가 그렇고 우선 남자들은 군대를 갔다 오는 동안 공백이 있어서 그런 것 아니냐'고 설명했지만 썩 수긍하는 눈치가 아니었다. 그래도 남녀차별이라는 문제제기가 있었으니 인사팀에 여직원들의 임금수준을 확인했다. 그러자 그의 지적에 일리가 있다는 생각이 들었고 곧바로 모든 여직원의 임금을 5%씩 일괄 인상했다.

지금은 많이 좋아졌지만 당시만 해도 워낙 오랫동안 남성들에 비해 사회적 활동에 제약이 많았던 탓인지 남자보다 대우를 덜 받는 것은 아닌지를 두고 민감해하는 여성이 많다. 남녀차별을 제기했던 그 여직원도 이런 경우였다. 뒤처진 권리를 찾기 위해 자신이 얼마만큼 차별받고 있는지를 확인하고 문제제기를 하는 것은 바람직한 일이다. 이런 과정을 통해 세계 역사가 남녀차별 문제를 극복해온 것도 사실이다.

그런 점에서 많이 달라진 지금, 일하는 여성으로서 달라지지 않은 것이 있다. 남자보다 부당한 대우에는 분노하면서 정작 남자보다 미숙한 자신의 일처리 능력에는 관대한 경우가 많다. 남자와 동등한 대우를 받으면 똑같은 업무 목표를 달성하고 그 성과도 비슷해야 하지만 여자니까 부족해도 괜찮다는 식으로 생각하는 것이다.

동료나 윗사람의 성향에 따라 부족해도 이해해주는 경우가 있을 수는 있다. 그러나 그 사람을 결코 중요한 인재로는 인정하지 않을 것이다. 결국 중요한 업무에서 배제하거나 승진에서 누락하는 경우가 생기는 것이다. 그렇게 주변부로 밀려난 후 "중요한 일은 시키지 않고 잡일만 시킨다"고 불만을 토로해봐야 귀 기울여 들어줄 사람은 아무도 없다.

회사에서 인정받으려면 먼저 그런 자신을 넘어서야 한다. 내가 다른 사람보다 업무능력이 떨어지는 것은 아닌지, 여자라는 이유로 편한 일만 골라 하지는 않았는지, 내가 맡고 있는 업무에서만큼은 전문가라고 자부할 수 있는지 등을 돌아보고 단점을 고칠 수 있어야 비로소 회사로부터 쓸 만한 인력으로 인정받을 수 있다.

따라서 자신의 진정한 경쟁상대는 동료직원이 아니라 바로 나 자신이어야 한다. 쉬운 일만 하고 싶고 쉬운 일만 하던 자신을 갈고닦아 보다 어려운 업무를 처리할 수 있는 사람으로 만드는 것, 게으름 피우고 싶고 놀고 싶은 자신을 다독여 일을 끝까지 책임지는 사람으로 만드는 것, 이것을 해낼 수 있는 사람은 자신밖에 없다.

나는 다른 사람보다 훌륭한 사람은 진정으로 훌륭한 사람이라고 생각하지 않는다. 정말 훌륭한 사람은 이전의 자신보다 훌륭하게 된 사람이다. 어제보다 나은 오늘의 나, 오늘보다 나은 내일의 나를 만드는 것은 가장 어려운 일이기도 하지만 자신을 가장 확실하게 성장시키는 일이기도 하다. 따라서 다른 사람을 뛰어넘으려고 하기보다 자기 자신을 뛰어넘으려고 노력하는 것이 중요하다.

이런 노력을 통해 회사로부터 유능한 인력으로 인정받는 것이 진정으로 남녀차별을 극복하는 방법이자 부당한 대우로부터 자신을 지킬 수 있는 방법이다.

남자만큼 해서는
남자를 넘어설 수 없다

지금이야 말도 안되는 일이지만 아주 오래전 여직원의 승진 문제로 임원들과 잠시 갈등을 빚은 적이 있다. 내 비서업무를 담당하던 여직원을 계장으로 승진시키려고 할 때 "비서면 비서지, 여자에게 무슨 계장이냐"는 반대에 부딪힌 것이다. 그녀는 국내 유수대학을 나와 영어와 일어에도 능통하고 업무능력도 뛰어나 비서업무만 하기에는 아까운 인재였다. 남자직원이라면 이미 계장을 달고도 남았을 정도로 근무연한도 충분했다.

끝까지 밀어붙여 승진을 시키기는 했지만 뒤끝이 영 씁쓸했다. 그녀가 남자였어도 그처럼 반대했을까 싶어서였다. 여자라는 이유로 우대해서도 안 되지만 차별을 받아서도 안 된다는 생각으로 추진한 일이었는데 여성경영인이 대표이사로 있는 우리 회사조차 아직 멀었

구나 하는 생각이 들었다.

지금은 여성이라고 해서 승진이나 임금에 차별을 두는 것은 생각도 할 수 없지만 그래도 사회적 인식만은 여전히 남아 있다. 남자에게는 허용되는 일이 여자에게는 지탄의 대상이 되기도 하고 남자는 적당히만 해도 인정해주면서 여자는 아무리 잘해도 좀처럼 인정해주려고 들지 않는 것이 우리 사회의 안타까운 현실이다.

예를 들어 아이의 유치원 발표회에 참석해야 한다며 회사를 조퇴하는 남자직원과 여자직원이 있다고 치자. 이때 남자직원에게는 '가정적'이라며 칭찬하는 사람이 많은 반면 여자직원에게는 '저렇게 집안 일이 많을 바에는 살림이나 하지'라며 빈정거리는 사람이 있다. 똑같은 상황을 두고도 남자 또는 여자라는 이유로 이렇게 극과 극의 태도를 보이는 것이다.

그래서 나는 우리 회사 남자직원보다 여자직원에게 요구사항이 많은 편이었다. 남자보다 더 열심히 일하고 실수하지 않으려고 노력할 것이며 예의와 몸가짐에도 더욱 철저하라고 강조하곤 했다. 남자에게 관대한 사회적 인식이 부당하고 한심한 것은 사실이지만 그렇다고 그 인식을 바꾸라고 강요할 수는 없다. 강요한다고 해서 개인의 생각이 쉽게 바뀔 리도 없겠지만 그렇게 바뀐 생각이 진심일 리도 없기 때문이다.

그러므로 여성은 우리 사회에서 아직은 약자의 위치에 있다. 사회제도나 법적으로 약자라면 사회제도와 법을 뜯어고치는 방법으로 약자의 위치에서 벗어날 수 있지만 사회인식 때문에 약자의 위치에 있다면 그것을 깰 수 있는 사람은 본인밖에 없다.

남자만큼의 능력을 인정받으려면 남자보다 두 배 더 일해야 하고 남자만큼의 사회적 인맥을 형성하려면 남자보다 두 배 더 인맥 형성에 힘써야 한다. 남자들의 세계에서 여자가 능력을 인정받고 성공하는 것이 이렇게 힘들고 고달프다. 이 과정을 겪어낸 여성이 많아지면 사회인식도 조금씩 바뀌게 돼 있다. 우리 사회가 이 정도나마 달라질 수 있었던 것도 앞서 그 힘들고 고달픈 길을 걸어준 선배 여성들이 있었기 때문이다.

남자들만의 직업세계에 도전해 능력을 발휘한 여성, 결혼하고 아이를 키우면서도 자기 분야에서 전문성을 인정받고 있는 여성, 남자들보다 높은 직급에 올라 조직을 훌륭하게 이끌어가는 여성들이 대표적이다. 겸연쩍지만 여자도 회사를 경영할 수 있다는 사실을 증명해 보인 나도 그중 하나다.

나는 우리 회사에서도 그런 여성이 많이 나와주기를 간절히 바랐고 지금도 그 희망을 버리지 않고 있다. 부장, 차장 등 중간간부급 여직원은 많지만 여성임원이 상대적으로 적은 것이 애석하기만 하다. 그러나 회사의 사업영역이 제조업에서 서비스업과 지식산업 쪽으로 무게중심을 옮겨가고 있는데다 유능한 여성인재가 많으니 머지않아 결실이 있을 것으로 기대하고 있다.

다만 그 자리에 오르게 될 여성들에게 당부하고 싶은 말이 있다. 내 성공을 다른 사람들이 함께 기뻐해주거나 박수쳐주기를 기대하지 말라는 것이다. 사람은 직위가 높아질수록 칭찬보다 공격 받을 확률이 높아진다. 그만큼 주목하는 사람이 많기 때문이고 나를 경쟁상대로 견제하는 사람이 많다는 뜻이다. 그런 자리에서 박수 받기를 원하면 더 큰 시기심을 자아내고 더 큰 공격을 초래하게 마련이다.

따라서 직위가 높아질수록 겸손하게 처신해야 한다. 남자보다 혹독한 노력으로 그 자리에 이른 자신이 대견하고 자랑스럽겠지만 자신의 성취에 대해 우쭐해하거나 거만한 태도를 보여서는 곤란하다. 그 자리를 끝으로 퇴보하느냐 더 높은 자리에 오르느냐는 현재의 자리에서 얼마나 겸손하게 처신하는지에 달려 있다.

다른 사람으로부터 공격을 받는다면 발끈하거나 좌절하지 말고 그 공격을 더 높은 성공을 위해 이용할 줄 알아야 한다. 자기 단점을 극복할 계기로 삼고 자기 실력을 성장시킬 계기로 삼을 수 있어야 하는 것이다. 나를 위해 박수 쳐주기를 바라지 않고 공격을 겸허히 받아들여 자기발전의 기회로 삼는다면 언젠가는 주변사람들도 '과연 그 자리에 오를 만하다'며 내 성취를 인정해주게 돼 있다.

남자 부하직원을 잘 다루는
상사가 돼라

나는 혼자 하는 일에 진출해 성공하는 것은 진정한 의미의 사회적 성공이라고 보지 않는다. 사회적 성공이라고 하면 흔히 사회적으로 유명해지거나 자타가 공인하는 높은 지위에 오르는 것이라고 생각하지만 내가 생각하는 사회적 성공은 크든 작든 조직 내에서 다른 사람들과 협력하고 경쟁하는 가운데 능력을 인정받는 것이다.

따라서 사회적 성공을 꿈꾸는 여성이라면 남자와 부대끼며 경쟁해 승진하고 남자 부하직원들을 잘 다룰 수 있어야 한다. 이 가운데 여성간부들이 흔히 실패하는 것이 남자 부하직원을 다루는 문제다.

한때 여성임원을 키워볼 생각으로 외국대학에서 마케팅을 전공한 석사 출신의 인재를 영입해 중간간부 역할을 맡긴 적이 있다. 기대했던 대로 업무능력은 출중했다. 그런데 얼마 못 가 여기저기서 잡음이

들리기 시작했다. "중요한 일을 혼자만 하려고 한다"느니 "다른 사람의 능력을 인정하지 않는다"느니 하는 따위였다. 결국 얼마 못 가 그 여성간부는 회사를 떠났고 여성임원을 키워보려던 내 꿈도 물거품이 되고 말았다.

업무능력은 탁월했지만 그녀의 문제는 남자 부하직원들을 다룰 줄 몰랐다는 점이다. 물론 이것이 모든 여성의 공통된 단점이라고는 생각하지 않는다. 그러나 남자들의 세계에서 성공을 꿈꾸는 여성이라면 반드시 그들을 내 편으로 만들 수 있어야 한다.

남자든 여자든 조직의 중간간부들이 흔히 착각하는 것이 윗사람에게 잘 보여야 유리하다고 믿는 것이다. 윗사람에게 잘 보이는 것은 상대적으로 쉽다. 지시에 충실히 따라 성과를 달성하고 예의를 지키기만 해도 평균 이상의 점수를 받을 수 있기 때문이다.

그러나 부하직원, 특히 남자 부하직원을 다룰 때는 이보다 세심하고 전 방위적인 노력이 필요하다. 문제는 부하직원을 다루는 데 실패하면 자신의 업무도 실패할 수밖에 없다는 사실이다. 그리고 자기 업무에 실패한 중간간부를 윗사람이 인정해줄 리 만무하다. 결국 중간간부가 진정으로 잘 보여야 할 대상은 윗사람이 아닌 아랫사람이다.

나는 여자상사가 갖춰야 할 첫 번째 자질이 일을 믿고 맡기는 것이라고 본다. 여자들이 흔히 저지르기 쉬운 실수가 일을 잘 배분하지 못한다는 것이다. 특히 자신이 유능하다고 믿는 여성일수록 혼자 모든 일을 해내려고 들고 자신만큼 그 일을 잘해낼 사람은 없다고 믿는 성향이 강하다.

정말 유능한 상사는 부하직원들에게 일을 공평하게 나눠주고 직원들의 능력을 끌어내 최단시간에 최고의 성과를 내는 사람이다. 여자 상사 밑에서 일하는 남자 부하직원들은 대개 여자 상사를 경쟁상대로 생각하기 때문에 일을 나누지 않으면 승진할 기회를 뺏긴다고 생각해 불만을 품게 될 가능성이 높다.

따라서 자신이 더 잘 할 수 있는 일이고 공로가 드러나는 일이라고 해도 그 일에 적합한 사람이 있다면 믿고 맡길 수 있어야 상사로서의 권위도 서는 법이다.

두 번째 자질은 아랫사람을 격려할 수 있어야 한다는 점이다. 부하직원이 잘한 일은 아낌없이 칭찬하고 잘못한 일은 따끔하게 지적하되 비난하거나 모욕하지 말아야 한다. 부하직원이 잘한 일에도 칭찬을 하지 않으면 질투를 해서거나 속이 좁아서라고 생각할 수 있으며 비난하거나 모욕하면 근무의욕을 떨어뜨리고 반감만 사게 된다. 그리고 이런 행동의 결과가 결국 자신의 실패로 돌아온다는 사실을 잊지 말아야 한다.

세 번째 자질은 짜증을 내거나 신경질을 부리지 말아야 한다는 것이다. 그것도 자신의 감정 기복에 따라 시도 때도 없이 짜증과 신경질을 내면 부하직원들로부터 '히스테리나 부리는 여자'로 낙인찍히기 십상이고 존경심도 잃고 만다. 화를 낼 때도 자신의 감정을 가라

앉힌 상태에서 상대가 납득할 수 있도록 조리 있고 위엄 있게 상대의
잘못을 지적해야 한다.

네 번째 자질은 여성다움을 잃지 않는 것이다. 남자들의 세계에서
경쟁하다 보면 어느새 성격도 남자처럼 변하는 여성이 있다. 가부장
적인 남자들처럼 명령하고 소리 지르고 반말하면서 아랫사람을 통솔
해야 자신의 권위가 서고 남자들과 동등해진다고 믿는 여성들이다.
그러나 남자들과 경쟁한다고 해서 여성 고유의 장점을 버리고 남성
의 단점을 내 것으로 만드는 것은 손해도 그런 손해가 없다. 명령하
고 소리 지르면 당장 내 말에 복종하는 것처럼 보이고 권위가 서는
것처럼 보이겠지만 아랫사람을 수동적으로 만들어 업무효율을 떨어
뜨리는 결과를 낳고 진정한 내 편도 만들 수 없다.

남자들의 세계에서 성공하는 여성들의 특징은 남자들과 똑같은 능
력을 발휘하면서도 섬세하고 부드러운 성격으로 조직을 편안하고 밝
게 변화시킨다는 점이다. 남자와 똑같이 굴어서는 남자를 넘어설 수
없다. 남자가 갖지 못한 능력을 발휘함으로써 나로 인해 조직이 변하
는 모습을 보여주어야 비로소 남자들의 세계에서 리더로 인정받을
수 있다.

남을 위해서는 울어도
자신을 위해선 울지 않는다

지금은 시대착오적인 말이 되었으나 과거에는 회사에서 일하는 여성을 일러 흔히 '회사의 꽃'으로 표현하곤 했다. 꼭 필요한 존재는 아니지만 남자들만 가득한 공간에서 분위기 쇄신용으로는 괜찮다는 의미였을 것이다. 여성이라는 이유만으로 기회도 주지 않고 능력을 마음대로 폄하하던 시절이었다.

그러나 이런 인식에는 여성 자신이 일조한 측면이 크다고 생각한다. 일 앞에서 약한 모습을 보이고 여성임을 내세워 쉽게 용서받으려 들고 일에 인생을 걸겠다는 치열함도 없으니 누가 그런 존재에게 중요한 일을 맡기고 싶겠는가.

여자 부하직원을 거느린 남자 상사들이 흔히 하는 하소연이 "잘못해도 야단칠 수가 없다"는 것이다. 업무에서 실수를 저질러놓고도 상사가 꾸중을 하면 눈물부터 흘리는 여자가 많기에 나온 말이다. 야단친다고 우는 여직원 앞에서 하고 싶은 말을 다할 수 있는 남자 상사는 많지 않다. 그것으로 여직원은 '크게 혼나지 않고 넘어갔다'며 안도할지 모르지만 상사의 마음은 부글부글 끓기 시작한다. 그리고 다음부터는 그 여직원이 실수하는 일이 있어도 눈물을 다시 볼까 두려워 웬만해서는 야단을 치지 않으려고 하고, 아예 야단칠 일이 생기지 않도록 중요한 일은 맡기지 않는다.

결국 스스로 업무능력을 성장시킬 기회를 잃고 회사의 꽃으로 전락하고 마는 것이다. 걸핏하면 눈물로 상황을 모면하려는 나약하고 불편한 여직원과 일하고 싶은 상사는 아무도 없다. 야단을 맞았다고 꽁해 있거나 야단친 상사에게 원망을 품는 경우도 마찬가지다.

나는 내가 기억하는 한 남들 앞에서 눈물을 보인 적이 없다. 영화나 드라마를 보다가 혼자 울어본 적은 있어도 일이 힘들어서, 또는 고통 때문에 울지는 않았다. 남편을 하루아침에 잃고도 아들 앞에서 딱 한 번 운 것 외에는 남들 앞에서 눈물을 보이지 않았다.

내가 특별히 강인해서는 아니었던 것 같다. 울고 있을 정신적 여유가 없었고 울어서 해결될 일은 단 하나도 없었기 때문이다. 나만 바라보고 있는 아이들을 생각하면 내 처지가 아무리 처량해도 눈물을 흘릴 수 없었고 내게 딸린 회사 식구들을 생각하면 아무리 주저앉고 싶어도 그럴 수 없었다.

여성들이 진정으로 울어도 되는 순간은 최선을 다하지 못했음을 뼈

저리게 자책할 때뿐이다. 남이 나를 야단쳐서, 상황이 억울해서, 동정을 구하기 위해 우는 것은 자기 스스로 '나약하고 능력 없는 존재'임을 알리는 것밖에 안 된다. 울어야 하는 순간에는 눈물을 흘리되 그 눈물은 철저히 자기반성의 의미여야 하고, 다시는 눈물 흘릴 일을 만들지 않겠다는 강인한 정신력의 표현이어야 한다.

작은 일에 쉽게 눈물 흘리는 여자는 결코 큰일을 해낼 수 없다. 나는 남을 위해서는 울어도 자신을 위해서는 울지 않고 일 앞에서는 남자보다 더 투철한 책임감으로 임하는, 그런 당찬 여자들이 많아지기를 간절히 바란다. 여자의 진정한 무기는 눈물이 아닌 실력이어야 하며 실력보다 더 강력한 무기는 여성만이 지닐 수 있는 능력이라고 생각한다.

여성만이 지닐 수 있는 능력이란 바로 여성다움이다. 나는 남자와 여자가 능력 면에서는 차이가 없고 또 차이가 있어서도 안 된다고 생각하지만 그 능력을 발휘하는 방법에는 분명한 차이가 존재한다고 생각한다. 남자는 이성적이지만 여자는 감성적이고 남자는 저돌적이지만 여자는 섬세하기 때문이다. 또 남자는 세상을 멀리 보지만 여자는 세상을 깊이 본다고도 한다.

따라서 여성이 능력을 발휘하는 방법은 남성이 갖지 못한 능력으로 더 뛰어난 일처리 솜씨를 보일 때라고 생각한다. 프로젝트를 꼼꼼하게 점검해 실수 없이 일처리를 해내거나 소비자의 감수성에 호소할 수 있는 핵심을 짚어낼 수도 있으며 결과보다 과정을 중시해 업무를 보다 효율적으로 처리할 수도 있을 것이다. 이렇게 남자가 보지 못하는 것을 보고 남자가 챙기지 못하는 것을 챙길 줄 알아야 한다. 남자가 접대와 같은 편법으로 일을 쉽게 풀려고 할 때 여자는 진정성과 솔직함으로 업무상대를 대함으로써 일을 풀 수 있어야 하며, 남자가 동료나 부하직원을 거칠게 대할 때 여자는 포용력과 배려로 인간관계를 부드럽게 만들 수 있어야 한다.

업무를 똑 부러지게 해내는 능력을 갖춘 데다 여성 특유의 부드러움과 세심한 배려, 밝은 성격을 지닌 여자라면 어디서나 환영받을 것이고 오히려 일만 잘하는 남자보다 유리한 위치에 설 수 있다. 이런 여성이야말로 있으나마나한 '회사의 꽃'이 아니라 회사에 활력을 불어넣는 '살아 있는 꽃'이라고 생각한다.

신뢰받기 원하면
먼저 신뢰하라

일에 치여 바쁘게 살다 보니, 그리고 일로 소모하는 에너지를 먹는 것으로 보충하다 보니 자꾸 살이 쪄서 다이어트와 건강을 위해 한동안 애경백화점(현 AK플라자 구로본점) 스포츠센터를 다닌 적이 있다. 미국 유학 시절에 수영을 배운 적이 있어 다시 시작하기로 마음먹고 스포츠센터 수영회원으로 등록했다. 그런데 내가 수영장회원권을 끊자 스포츠센터 담당자들이 "아이고 이제 죽었네요"라며 농담을 하는 것이었다.

회장이 수영장을 다니니 신경 쓸 것이 많아 피곤해지게 됐다는 의미였다. 그러나 나는 백화점을 다니고 수영장을 다니면서도 고객 이상의 권리를 행사하거나 참견을 하지 않았다. 대표이사라고 해서 일일이 간섭하고 잔소리를 늘어놓는다면 직원을 피곤하게만 만들 뿐

직원의 자신감과 책임감을 반감시킬 수 있다고 생각하기 때문이다.

여자사장이나 여자상사 밑에서 일하는 남자직원을 보고 "피곤하겠다"라며 동정하는 경우를 흔히 본다. 간섭도 심하고 잔소리도 심할 것이라고 생각하기 때문이다. 실제 여성들에게 이런 성향이 있기는 하지만 사회생활을 하는 여성이라면, 특히 남자들의 세계에서 존경받는 위치에 서려면 간섭하고 잔소리하는 성향만은 반드시 고쳐야 한다. 간섭과 잔소리가 심하면 꼭 필요한 말을 해도 권위가 서지 않고 어디서도 존경받지 못한다.

나는 존경받고 싶으면 상대를 먼저 존경하고 신뢰받고 싶으면 상대를 먼저 신뢰해야 한다고 생각한다. 이 생각은 내 어머니의 교육방식을 통해 깨달은 것이다.

어머니는 자식들 일에 일일이 간섭하거나 잔소리하는 법 없이 자식들의 생각과 결정을 한결같이 믿어주신 분이었다. 그리고 자식들은 물론 손자손녀들에게까지도 존댓말을 쓸 정도로 모든 사람을 인격체로 대하는 분이기도 했다. 내가 고령의 나이에도 회사직원들에게 존댓말을 쓰고 직급에 반드시 '님' 자를 붙이는 것도 어머니의 영향이었다.

어린 시절, 아직도 선명하게 남아 있는 기억이 있다. 집 들창문에 새로 창호지를 도배한 날이었다. 그때 나는 방 안에 있었는데 밖에서 도란도란 얘기하는 어른들의 모습이 궁금해 그만 손가락에 침을 묻혀 새로 바른 창호지에 구멍을 내고 말았다.

마침 친척 아주머니 한 분이 그 모습을 보고는 "영신이가 새로 바른 창호지에 구멍을 냈다"며 야단야단을 하기 시작했다. 그러나 어머니는 "어린 마음에 얼마나 답답하고 밖이 보고 싶었으면 그랬겠느냐"며 나무라지 말라고 하셨다. 보통의 부모 같았으면 따끔하게 야단칠 일이었지만 내 어머니는 그런 행동을 하게 된 내 마음부터 헤아려주셨던 것이다.

어머니가 나를 그리 믿고 존중해주니 어머니의 믿음을 깨고 싶지 않아서라도 나는 함부로 행동할 수 없었고 공부도 알아서 열심히 할 수 있었다.

내가 아이들을 키울 때도 간섭과 잔소리는 일절 하지 않았다. 평소에는 얼굴 대할 시간조차 없어 간섭할 엄두도 내지 못했지만 주말에도 아이들이 어떻게 지내는지, 어떤 생각을 하고 있는지 등을 주로 묻고 내 의견을 말해주었을 뿐 학업에 대한 이야기를 꺼내거나 노파심에 이런저런 충고나 잔소리를 늘어놓는 일은 없었다.

회사를 경영하면서 직원들을 대할 때도 마찬가지였다. 내가 그들을 먼저 신뢰해야 그들로부터 신뢰를 받을 수 있다는 생각으로 일을 맡기면 그들의 일처리 방식을 존중하고 믿어주는 철저한 자율경영을 실천했다.

한 달에 한 번 계열사 사장들과 공장장까지 참여하는 확대이사회에서 총체적인 업무를 협의하고 분기별로 실적 및 사업계획 등을 점검하는 정도가 내가 관여하는 공식적인 선이었다. 업무지시를 할 때도 큰 방향만 제시하는 선에서 그치고 부서나 계열사에서 내 도움을 요청할 때만 적극적으로 나서서 일처리를 도와주곤 했다.

자율경영으로 인해 회사업무에 차질을 빚은 일은 한 번도 없었다. 오히려 믿고 맡기자 모든 직원이 자신이 그 일의 최고책임자라고 생각해 소신껏 일을 추진하고 결과에 대해서도 책임지는 자세를 보였다. 애경그룹의 모든 계열사가 최고를 지향하며 최선을 다해 맡은 바 책임을 다하게 된 것도 오래전부터 정착된 자율경영 덕분이었다고 믿고 있다.

여성적 감각이
시장의 강자를 만든다

　기업은 소비자를 상대로 장사를 하는 곳이다. 파는 것이 유형의 제품이든 무형의 서비스든 장사를 하는 이치는 마찬가지다. 따라서 기업의 경영자가 되려는 여성이나 기업에서 성공적인 성과를 내려는 여성이 소비자에게 관심을 갖지 않는 것은 말도 안 되는 얘기다.

　제품만 좋으면, 서비스만 좋으면 소비자가 알아서 선택해주겠지 하는 식의 발상은 가야 할 곳이 어딘지도 모르면서 죽어라 달리기만 하는 것처럼 어리석은 짓이다.

　애경이 처음 비누사업을 시작했을 때도 비누가 귀하던 시절이라 만들기만 하면 팔리던 시대였다. 그러나 시장경쟁이 과열되고 소비자의 안목이 높아지면서 그저 이전보다 더 좋은 제품을 만드는 것만으로는 시장에서 살아남을 수 없었다. 소비자가 좋아할 만한 제품을 내

놓기 위해서는 소비자를 아는 것이 중요했지만 시장조사나 설문조사만으로는 소비자의 속내를 정확히 간파하기 어려웠다.

그때 생각해낸 방법이 내가 직접 소비자가 되는 것이었다. 다행스럽게도 우리 회사 제품이 여성생활과 밀접한 비누, 세제 종류여서 실천하기가 더욱 쉬웠다. 그때부터 구할 수 있는 온 세상의 비누란 비누는 다 써보기 시작했다. 비누를 많이 써볼 욕심으로 가족들에게는 아예 빨랫감은 건드리지도 못하게 했고 아무리 바빠도 퇴근 후에는 두 손 걷고 손빨래를 하는 것이 내 주요 일과였다.

결혼 후부터 2000년 초까지 살던 신당동 집에는 가족들조차 함부로 드나들지 못하게 하던 비밀장소가 있었다. 내 방에 딸린 목욕탕이 있었는데 그곳이 바로 온갖 비누와 세제를 진열해두고 빨래를 해가며 연구하던 나만의 비밀 실험실이었다. 그곳에서 세제를 잔뜩 늘어놓고 빨래에 열중하다가도 '세상에 나처럼 다양한 세제를 쓰면서 빨래를 하는 사람이 또 있을까' 싶어 혼자 웃기도 했다. 그래서 한동안 누가 내게 "취미가 뭐냐"고 물어올 때마다 "빨래"라고도 했다.

회사에서는 제품을 만드는 입장이지만 집에 돌아가서는 완벽한 주부가 됐다. 우리 제품이라고 특별히 애정을 갖지도 않았고 경쟁사의 제품이라고 흠을 잡으려고도 하지 않았다. 그렇게 다양한 제품을 쓰다 보니 어느새 나는 비누와 세제에서만큼은 누구보다 냉정하고 깐깐한 소비자가 돼 있었다. 그리고 소비자의 입장에서 어느새 제품아이디어를 낼 수 있는 수준으로까지 발전해 있었다.

그 첫 제품이 바로 '유아비누'였다. 경영을 시작하기 전부터 막내 아들(채승석·현 애경개발사장)을 목욕시킬 때마다 어른용 비누가 아기에게 자극이 되지는 않을까 늘 걱정이었는데 비누회사 사장이 되면서 비로소 아기들을 위한 순한 비누를 만들기로 결심했다.

피부자극을 최소화할 수 있는 비누를 개발해 임상실험까지 마친 후 탄생한 비누가 바로 국내 최초의 저자극성 '유아비누'였다. '엄마랑 아가랑 함께 쓰세요'라는 광고카피도 아기엄마의 마음으로 내가 직접 만든 것이었다.

1976년 발매한 국내 최초의 액체 세탁세제 '써니'도 빨래하는 주부의 입장이 아니었다면 그처럼 일찍 세상에 내놓지 못했을 것이다. 세탁비누와 분말세제로 빨래를 비벼 빨다 보니 힘도 들고 손이 거칠어지면서 갈라지기까지 해서 이 문제를 한꺼번에 해결할 세제가 없을까 연구하다가 고안해낸 것이 액체 세탁세제였다.

당시 세탁기가 대중화하면서 분말합성세제가 유행하기는 했지만 이 세제의 맹점이 찬물에 잘 녹지 않는 것이었다. 찬물에도 잘 녹고 피부보호제까지 첨가한 액체세제 '써니'는 당시 시장에서 대환영을 받았다.

애경이 화장품과 샴푸, 치약 등 생활용품 분야에 진출한 후에는 소비자로서의 내 경험이 더욱 유용하게 쓰이곤 했다. 대표적인 제품이 '폰즈 콜드크림'과 '하나로 샴푸'였다. 미국 유학 시절, 친구 집을 방문할 때면 어느 집에서나 쉽게 볼 수 있는 것이 콜드크림과 바세린 로션이었다. 그때 처음 콜드크림을 써보고는 이렇게 좋은 제품이 우리나라에도 있었으면 좋겠다는 막연한 바람을 가졌었는데 화장품 분야에 진출하면서 30여 년 만에 현실화했던 것이다. '하나로 샴푸' 또한 바쁜 시간을 쪼개 샴푸와 린스까지 해야 하는 것이 번거로워 '두 기능을 합치면 머리 감는 시간이 줄어들 텐데' 라는 생각으로부터 탄생한 제품이었다.

나는 기업의 대표와 직원이 그 기업의 가장 냉정하고 비판적인 소비자가 돼야 한다고 생각한다. 그래야 소비자가 미처 눈치 채기 전에 제품이나 서비스의 작은 흠까지도 개선할 수 있으며 그런 노력이 쌓여 기업의 성공기반이 되는 것이다.

이 냉정하고 비판적인 소비자 역할에 가장 적합한 사람이 바로 여성이다. 소비자의 마음을 읽고 소비자의 관점에서 접근하는 것이 점차 중요해지고 있는 기업문화에서 여성이 능력을 발휘할 기회가 그만큼 많아지는 셈이다. 여성의 유연하고 섬세한 감각으로 소비자의 마음을 읽을 수 있다면 21세기를 여성의 시대로 만드는 것이 한낱 구호만으로 그치지는 않을 것이다.

6장

●

리더로
성공하고 싶다면
존경받는
리더가 돼라

Stick to It !

경영인은 기업의 소유자가 아니라 기업의 책임자여야 한다. 그래서 누구보다 사회적 책임에 충실해야 함을 강조한다. 성공하는 리더는 많아도 존경받는 리더는 적은 우리 사회에서 어떻게 하면 존경받는 리더가 될 수 있는지, 성공 이전에 삶의 가치와 명예를 우선순위에 두는 목표설정에서 그 길을 찾는다.

나에 대한 평판이
내 뒤에 미치는 영향을 생각하라

　돌이켜보면 경영을 시작한 이후 단 한순간도 개인 '장영신'으로서의 삶은 없었다. 끝없이 밀어닥치는 위기 속에서 회사를 지켜내려고 고군분투하고 성장만이 살길인 회사의 미래를 고민하다 보니 보통의 사람들이 흔히 느끼는 희로애락조차 온통 사업과 연결된 것투성이였다. 아이들의 성장 대신 회사의 성장을 바라보며 벅찬 감동을 느꼈고 내 한 몸 부서져라 일해서 회사가 잘되기만 한다면 더는 바랄 것이 없었다.

　매일 매일이 도전의 연속이었던 경영환경에 적응하느라 나는 일찌 감치 '내 인생이 곧 사업'이라는 각오로 사적인 모든 삶을 포기했다. 개인적인 생활이나 취미활동, 휴식 등은 아예 엄두도 낼 수 없었고 아이들의 졸업식이나 친지의 결혼식조차 참석할 여유가 없었다. 그래서 가끔은 '이렇게까지 개인생활이 없는지 미리 알았더라면 경영을 하겠다고 나서지 않았을 텐데' 하는 생각도 했었다.

무엇보다 주위에 의지하거나 도움을 요청할 만한 사람이 한 명도 없다는 사실이 외롭고 서글플 때가 많았다. 남성경영인은 학연과 지연 등의 인맥을 통해 조언과 협조를 구할 곳이 많았지만 여성의 사회진출조차 드물던 당시, 내게는 의지할 만한 여성경영인은 물론 사회적 인맥을 형성할 만한 기반이 아예 없었다.

그렇게 외롭고 힘들 때마다 내 어깨에 짐 하나를 살짝 보태며 나를 일으켜 세워준 사람들이 있었다. 스트레스가 쌓일 때마다 수다로 내게 에너지를 불어넣어주곤 하는 친구들이었다. 여고 동창생과 초등학교 동창생, 그리고 어린 시절 한동네에서 자란 또래친구들이 그들이다.

남편을 잃은 슬픔으로 실의에 빠져 있을 때는 진심으로 걱정해주고 격려해준 친구들이었고 인생의 고비마다 내게 편하게 기댈 수 있는 어깨를 빌려준 친구들이었으며 노년에 선고받은 암마저 거뜬히 이겨낼 힘을 준 친구들이었다. 그런 그들이 내가 사업 때문에 힘들어할 때마다 거듭 당부한 말이 있다.

"힘을 내, 네가 여기서 쓰러지면 안 돼. 너는 우리의 자랑이다. 아니, 우리나라 여성들의 자부심이다. 너는 이겨낼 수 있어."

친구들의 격려를 받을 때마다 언제나 내 정신을 번쩍 들게 하는 것이 '너는 우리나라 여성들의 자부심'이라는 한마디였다. 여성들이 내 존재에 대해 자부심을 느끼는지 아닌지는 알 수 없었으나 내가 쓰러지면 '여자는 회사를 경영할 수 없다'고 생각하는 세인의 편견이 옳았음을 증명하는 것밖에 안 된다는 생각이 들었다. 내게는 애경을 성공적으로 이끌어야 하는 책임과 동시에 여성경영인 1호로서의 막중한 책무가 주어져 있음을 새삼 깨닫는 순간이기도 했다.

내가 어떻게 하느냐에 따라 장차 기업경영에 많은 여성이 진출할 수도 있고 사회생활을 하는 여성들이 더 큰 꿈을 꾸게 될 수도 있다는 데 생각이 미치자 한없이 어깨가 무거워지는 한편 새로운 용기와 기운이 솟기도 했다.

'눈 덮인 광야를 지나갈 때엔 함부로 어지러이 걷지 마라. 오늘 나의 발자국이 마침내 후세들에겐 이정표가 되리니.'

서산대사가 남긴 유명한 선시 한 구절이다.

그랬다. 우리나라 여성 최초로 기업경영에 도전장을 냈다는 이유만으로 나는 내 의지와는 상관없이 눈 덮인 광야에 처음으로 발자국을 내며 걷는 선구자의 역할을 맡게 된 셈이었다.

내가 실패하면 장영신의 실패가 아니라 여성경영인의 실패였고, 내가 경영에 한계를 드러내면 장영신의 개인적 한계가 아니라 모든 여성의 기질적 한계로 오해받을 수도 있는 상황이었다. 그리고 내 실패와 한계는 내 뒤를 따르는 여성들에게 내가 겪은 것보다 더 큰 사회적 편견과 장애를 안겨줄 소지가 다분했다. '여자는 역시 안 된다'는 나쁜 선례가 될 가능성이 농후했기 때문이다.

내가 남자보다 더 열정적으로 일하고 남자보다 더 과감한 결단을 내릴 수 있었던 것은 그것이 애경을 위한 최선의 선택이라는 신념 때문이기도 했지만 여성에 대한 사회적 편견에 정면승부를 걸겠다는 의지의 표현이기도 했다.

나는 사회생활을 하는 여성이든 기업을 경영하는 여성이든 자기 앞가림에만 급급하지 말고 자신에 대한 평판이 다른 여성들에게 미칠 영향에 대해 책임감을 가졌으면 하는 바람을 갖고 있다.

여자도 얼마든지 어려운 업무를 수행할 수 있고 여성 특유의 친화력으로 조직을 합리적으로 통솔하는 유능한 리더가 될 수 있으며 여성이 경영하는 회사일수록 실적도 더 좋고 기업풍토도 깨끗하다는 사실을 증명해 보이는 여성이 많아졌으면 한다. 그래야 '세상의 절반인 여성'에게도 공평하게 기회를 주는 사회를 하루빨리 앞당길 수 있다. 예전보다 많이 나아졌다고는 하지만 남자보다 여자가 사회활동을 하는 데 더 많은 불편과 제약이 따르는 것은 여전한 현실이기 때문이다.

여성경영인 1호로서 내가 나쁜 선례가 되지 않았다는 것, 그리고 나로 인해 용기를 얻고 꿈을 키운 여성들이 있었다는 것만으로도 나는 충분히 보람을 느낀다. 비록 개인생활과 사적인 즐거움을 철저히 포기해야 했던 긴 인고의 세월이었지만 나로 인해 여성의 입지가 조금이라도 넓어졌다면 내가 걸어온 길이 결코 어지럽지는 않았음을 증명하는 셈이기 때문이다.

아마 틈날 때마다 내게 '여성의 자부심'임을 일깨우며 격려해준 친구들이 아니었다면 걸을 수 없는 길이었을지도 모른다는 생각이 든다. 젊은 시절, 내게 재혼 권유가 있을 때마다 누구보다 내 재혼을 반대했던 사람도 친구들이었다. "너만은 제발 일에서 성공하는 여자가 돼달라"던 친구들의 간절한 바람이야말로 여성에 대한 편견으로 가득했던 그 시대 여성들의 답답함을 대변하는 목소리였을 것이다.

그 간절한 바람의 의미를 잘 알고 있었기에 여성경영인으로서 더 큰 책임감을 안고 살아올 수 있었고, 어깨의 짐을 내려놓고 싶은 순간에도 다시 어깨를 추스를 수 있는 힘을 내곤 했다.

짧은 정치 행보에서 절감한 경영인의 본분

내가 경영 일선에 나선 지 20년이 돼가던 1990년대 초반부터 여성경영인들로부터 도와달라는 요청이 부쩍 들어오기 시작했다. 대부분 중소기업을 경영하는 여성들이었고 나와는 일면식도 없는 사이였다. 그들의 도움요청을 받으며 내가 어느새 그들이 기대고 싶어할 만한 선배 여성경영인이 돼 있음을 깨달았다.

남성 위주의 기업환경에서 여성경영인이 어떤 어려움과 고초를 겪어야 하는지 너무도 잘 알고 있던 나로서는 아무리 회사일이 바빠도 그들의 도움요청을 거절할 수 없었다.

관공서 업무부터 세무 처리에 이르기까지 여성경영인들이 도움을 요청하면 최선을 다해 돕곤 했다. 그러나 곧 개인적인 도움으로는 여성경영인을 지원하고 육성하는 데 한계가 있음을 깨닫고 여성경영인을 지원할 수 있는 제도적 장치를 마련하는 데 앞장서기 시작했다. 정치권은 물론 관계기관까지 백방으로 찾아다니며 여성경영인을 위한 법률제정의 필요성을 호소했다.

그 결실이 1999년 국회를 통과한 '여성기업 지원에 관한 법률'이었다. 드디어 여성경영인을 국가가 체계적으로 지원하고 육성할 수 있는 토대가 마련된 셈이었다. 법률안이 통과되는 과정을 지켜보며 나는 말로는 다 표현할 길 없는 감회에 젖었다.

여성경영인에 대한 편견과 오해 속에서 홀로 외로움을 삼켜야 했던 기억, 법률안 통과를 위해 발이 닳도록 뛰어다니며 애태웠던 날들이 주마등처럼 스쳐 지나갔다. 그러나 내가 걸었던 가시밭길이 후배 여성경영인들에게는 덜 가혹하리라는 안도감만으로도 그 모든 고생을 보상받는 기분이었다.

그렇게 여성경영인 지원법 제정을 위해 뛰어다닐 때 누구보다 적극적으로 도와준 정치인이 있었다. 당시 새정치국민회의 총재였던 고 김대중 전 대통령이었다.

김 전 대통령이 15대 대선에 당선되자마자 나를 만나고 싶다는 연락을 해왔다. 어떤 제의를 받을지 감이 있었던지라 일신상의 이유를 대며 청와대의 방문 제의를 정중히 거절하고 있었다. 그러나 차마 세 번째까지는 거절할 수 없었다.

청와대로 들어가는 내내 머릿속이 복잡했다. 틀림없이 정치 입문을 권하는 자리일 터였다. 기업경영에는 자신이 있었지만 정치는 아무것도 모르는 문외한이었고 무엇보다 경영에도 지장이 있을까 걱정스러웠다.

청와대에서 독대한 대통령은 예상대로 내가 가장 두려워했던 말을 꺼냈다.

"장 회장님이 저를 좀 도와주시지요."

"저는 정치에 대해서는 아무것도 아는 것이 없는데 어떻게 도와드리겠습니까? 국가에 봉사하는 일이라면 사업을 통해 최선을 다하겠습니다."

"회장님이 자신감을 갖고 일할 수 있도록 잘 도와드리지요."

극구 사양했지만 순식간에 제의에 응한 결과가 되고 말았다. 1970년대 산업이 한창 발전하던 시기에 기업경영을 맡았던 나는 나라의 발전을 위해서는 경제가 잘돼야 하고 경제가 잘되려면 좋은 정치가 실현돼야 한다는 생각을 오랫동안 해왔다.

그러나 내가 직접 정치를 하리라고는 한 번도 생각해본 적이 없었다. 그렇다고 대통령과의 약속을 뒤집을 수는 없는 일이니 오랫동안 기업을 경영하고 여성경영인을 지원하면서 쌓은 경험을 보다 넓은 범위의 사회를 위해 쓸 기회라고 받아들이기로 했다.

나로서는 가정주부에서 경영인으로 변신한 이래 가장 큰 변신을 시도한 셈이었다. 경영만 해오던 내가 정치에 참여하겠다고 하자 주변 사람들의 걱정이 끊이지 않았다. "왜 정치를 하느냐. 그동안 사회적으로 쌓아놓은 명성이 있는데 군이 정치를 해서 좋은 이미지를 버리려 하느냐"는 걱정이었다.

그러나 사회적 명성에 흠이 갈까 두려워 내 역할이 필요하다는 요청을 쉽사리 외면할 수는 없었다. 여성의 정치 참여나 국정 참여가 극히 저조하던 당시 나로 인해 여성의 정치적 지평이 확대될 수 있다면 그 또한 내 인생행로에서 크게 벗어나는 길은 아니라는 생각이 들었다.

당 안팎에서는 내가 전국구 국회의원으로 등원할 것이라는 예측이 지배적이었고 나도 그렇게 알고 있었지만 뜻밖에도 당에서는 지역구 출마를 권했다. 당시만 해도 지역구 선거를 통해 국회의원에 당선되는 여성은 극히 드물었기 때문에 나는 물론 정치권에서도 깜짝 놀랄 정도로 파격적인 권유였다. 선거를 치를 일이 부담스럽기는 했지만 내심 차라리 잘됐다는 생각이 들었다. 당선되면 정치를 밑바닥부터 배울 수 있는 기회로 받아들이고 낙선하면 미련 없이 정치를 그만둘 생각이었다.

그리고 출마지역으로 구로구를 선택했다. 내가 태어나 자란 곳은 아니었지만 남편이 사업을 본격적으로 시작한 곳이었고 경영에 참여한 이후에는 회사를 살리겠다는 일념으로 집보다 더 자주 드나들던 영등포공장이 있던 곳이었다. 지역주민들이 나를 지역의 일꾼으로 선택해준다면 서울에서 가장 낙후되고 재정 여건도 열악한 구로의 발전을 위해 미력이나마 보태고 싶은 열망도 있었다.

2000년 3월, 드디어 난생 처음 경험하는 치열한 선거전이 시작됐다. 기업을 경영하는 동안 전 직원의 손을 거의 잡아봤지만 정치에 입문하기 전까지는 그렇게 많은 사람의 손을 잡아본 기억이 없었다. 그리고 그해 치러진 4.13 총선에서 나는 국회의원에 당선됐다. '이왕 이렇게 된 거 제대로 해보자'고 마음먹고는 당선 첫해 국정감사에서 '재경위 국감 우수의원'에 선정될 정도로 최선을 다했다.

그러나 정치를 시작한 지 얼마 되지도 않아 내가 정치와는 맞지 않는 사람임을 깨달았다. 가장 적응하기 어려웠던 것이 시간과 돈에 대한 개념이 극히 부족한 정치인들의 모습이었다. 국정감사장에서는 언제나 제시간에 당도해 있는 의원은 나 혼자였다. 피감기관에서는 장관부터 부서원까지 모두 약속한 시간을 지키는데 의원들이 시간을 지키지 않으니 감사가 제시간에 시작되는 경우가 극히 드물었다. 시간을 돈보다 중요하게 여기고 작은 약속 하나도 목숨처럼 여기는 기업인의 체질상 정치인의 느슨한 시간개념은 안타까움을 넘어 답답하기까지 했다.

게다가 일부 정치인들이 큰 고민 없이 예산을 집행하는 태도는 정말 실망스러웠다. 기업인들은 직원들과 함께 힘들게 번 돈이라는 인식이 있기 때문에 돈을 쓸 때마다 심사숙고하고 낭비를 최대한 줄이려고 노력하는 데 비해 정치인들은 더욱 소중하게 써야 할 국민의 세금을 쉽게 생각하는 것 같았다.

불행인지 다행인지 내 정치 행보는 그리 길지 못했다. 선거가 끝나자마자 상대후보 측에서 당선무효와 선거무효를 주장하며 2건의 소송을 제기했던 것이다. 이후 진행된 재판에서 당선무효 소송 건은 기각됐지만 선거무효 판결이 나면서 선거를 다시 해야 하는 상황이 돼버리고 말았다.

당에서는 "재선거를 해도 다시 당선될 테니 한 번만 더 선거를 치러달라"고 간청했지만 나는 정치권에서 깨끗이 발을 빼기로 결심했다. 경영인의 본분은 역시 기업을 잘 운영하는 데 있음을 절감했다. 여성경영인들을 지원하다가 예기치 않게 정치에 발을 들이게 된 셈이었지만 기업인의 사회적 책임에 대해 많은 것을 생각게 한 소중한 기회이기도 했다.

그때 이후로는 정치 근처에는 얼씬도 하지 않았다. 그러나 정치만 아니면 어떤 사회적 책임도 거부해본 적이 없다. 여성경영인들을 지원하기 위해 여성경제인연합회 회장과 한국여성경제인협회 초대 회장을 맡기도 했고, 전국경제인연합회와 한국무역협회 부회장을 맡기도 했으며 그밖에도 내 도움을 요청하는 곳이면 지원을 아끼지 않았다. 기업을 경영하는 사람은 사회적으로 공적인 존재이므로 사회적 책임을 다해야 한다고 생각하기 때문이다.

내 삶을 희망으로 바꿔놓은
나눔의 힘

　아무리 잘난 사람이라도 혼자만의 힘으로는 세상을 살아갈 수 없듯 기업도 마찬가지다. 기업이 아무리 좋은 제품을 만들어도 그 제품을 선택해주는 소비자가 없으면 기업이 존재할 이유가 없다. 또 기업을 운영하기 위해서는 자기 분야에서 최선을 다하는 직원들이 있어야 하고 그 직원들이 일에 몰두할 수 있으려면 가족의 지원과 협조가 필요하기도 하다.

　그래서 나는 사람이 살아가는 일도 마찬가지지만 기업을 운영하는 일도 끊임없이 사회에 빚을 지는 과정이라고 생각해왔다. 그 빚을 가장 잘 갚는 방법이라면 기업을 성공적으로 운영해 나라 경제발전의 토대가 되도록 하고 보다 많은 직원을 고용해 기업의 이윤을 함께 나누는 것이라고 할 수 있다. 그러나 이것은 기업을 양심적으로 운영하고 성장시키는 과정에서 자연스럽게 발생하는 사회환원 효과라는 측면이 강하기 때문에 기업이 사회에 진 빚을 갚기에는 어딘가 부족하다고 여겨왔다.

언젠가 일에 여유가 생기면 회사보다 사회를 더 돌보는 삶을 살아야겠다고 결심한 이유가 여기에 있다. 그리고 이 결심을 본격적으로 실행에 옮기기 시작한 것이 2000년 애경복지재단을 설립하면서부터였다. 이전에도 도움을 필요로 하는 곳이면 개인적으로나 회사 차원에서 적극적인 지원을 아끼지 않았지만 복지재단을 설립함으로써 더욱 지속적으로 사회환원을 실천할 수 있는 체계를 갖추게 된 셈이었다.

애경복지재단을 설립하면서 내가 가장 먼저 시작한 것이 장학사업이다. 공부를 하고 싶어도 형편이 어려워 꿈을 접어야 하는 학생들에 대한 안타까움 때문이었다. 10대 후반 시절, 나 또한 그렇게 안타까운 학생 중 한 명이었다.

집안형편 때문에 대학진학의 꿈이 좌절될 어려움에 처했을 때 내게 도움의 손길을 내밀어준 많은 사람이 있어 원하는 공부를 무사히 마칠 수 있었다. 그때 그들의 도움은 내게 단순히 배움의 길만을 열어준 것이 아니었다. 온통 어둡고 막막하게만 보였던 내 삶을 희망으로 바꿔놓았고 세상은 따뜻하고 아름답다는 사실을 깨닫는 계기도 되었다.

도움을 주는 입장에서는 그저 가진 것을 조금 나누는 것에 지나지 않을지 몰라도 도움을 받는 입장에서는 삶이 바뀔 수도 있는 것이 나눔의 힘이라고 생각한다. 공부하고 싶은 학생에게 배움의 길을 열어주는 것이 그 삶에 얼마나 큰 희망이 되는지를 누구보다 잘 알기에 장학사업에 내가 거는 기대는 단순한 나눔을 넘어 나눔을 확산하는 데 있다. 그리고 재단으로 날아드는 학생들의 편지를 통해 내 기대가 한낱 꿈이 아님을 확인할 때 나는 더없이 행복해진다.

애경복지재단의 장학사업은 일회성 지원이 아닌 지속적인 지원을 추구한다. 재단의 장학생으로 선발되면 그 학생이 학교를 졸업할 때까지 매달 일정금액을 통장으로 꼬박꼬박 지급하는 형식으로 지원된다. 그래야 그 학생이 마음 놓고 학업을 지속할 수 있다고 믿기 때문이다. 애경복지재단의 지원을 받아 학업을 무사히 마친 학생들 가운데는 원하던 대학에 진학해 자신의 소중한 꿈을 가꿔가는 학생이 상당히 많다.

2007년 가을, 울산에서 보내온 한 통의 편지가 도착했다. 의과대학에 다닌다는 대학생의 편지였는데 봉투 안에는 성적표까지 함께 들어 있었다. 모두 7과목 가운데 6과목이 A+였고 나머지 1과목만 A인 아주 우수한 성적표였다. 그러나 성적표보다 더 나를 기쁘게 한 것은 편지에 담긴 학생의 마음이었다.

'저는 애경복지재단에서 주는 장학금으로 고등학교를 마치고 삼수 끝에 의과대학에 합격해 다니고 있습니다. 지금도 학자금 대출을 받으며 힘들게 학업을 이어가고 있지만 이제는 확실한 미래가 있기에 더는 불안하거나 두렵지 않습니다. 비록 이른 시일 안에 고마움을 갚지는 못하겠지만 훗날 저도 반드시 장학사업에 참여해 다른 사람에게 도움을 주겠습니다. 사람이 자신의 의지가 아닌 환경에 굴복하는 일은 일어나서는 안 된다고 생각합니다. 저로 인해 혜택을 못 봤을 다른 학생을 생각해서라도 더 열심히, 더 성실하게 노력하며 살아왔습니다. 그리고 앞으로도 그렇게 살아갈 것입니다. 고맙습니다.'

또 충남에서 고등학교 3학년에 재학 중이라는 여학생의 편지도 기억에 남는다.

'저는 고등학교에 입학해 애경에서 주는 장학금을 내내 받아온 학생입니다. 항상 감사편지를 쓰려고 생각만 하고 있다가 대학수학능력시험이 끝나고 이제야 편지를 씁니다. 매달 들어오는 장학금으로 참고서와 문제집도 사고 기숙사비에도 보태가며 하고 싶은 공부를 정말 부족함 없이 할 수 있었어요. 나는 참 복 많은 아이라는 생각을 하면서 더욱 열심히 공부했습니다. 저는 이번에 서울에 있는 ○○대학교에 입학하게 되었어요. 저 혼자 힘으로는 불가능했을 텐데 이렇게 좋은 대학에 합격해 너무 기뻐요. 저도 베풀 줄 아는 사람이 될게요.'

학생들의 편지를 읽는 동안 내내 가슴이 뭉클하고 뿌듯한 보람을 느꼈다. 그리고 어른이 되면 자신도 남을 돕겠다는 마음을 발견할 때마다 그 학생들이 그렇게 대견할 수 없다. 내가 뿌린 씨앗이 다른 사람에게서 꽃을 피우고 또 다른 씨앗을 뿌리는 일, 내가 복지재단을 설립하며 꿈꿨던 아름다운 미래가 성큼 현실로 다가서는 느낌이다.

그동안 애경복지재단의 사업은 장학사업을 넘어 소년소녀가장 지원사업, 사회복지시설 지원사업, 홀몸노인 지원사업, 무료급식 지원사업으로까지 범위를 넓혀왔지만 여전히 도움의 손길을 필요로 하는 곳은 너무나 많다. 앞으로도 여력이 닿는 한 도움을 필요로 하는 곳이면 어디든 힘을 보탤 생각이다. 그것이 나와 우리 애경이 사회로부터 진 빚을 갚고 더불어 함께 행복한 사회를 만들어가는 길이라고 믿기 때문이다.

환경경영 없이는
기업의 미래도 없다

　나는 평소 생활용품을 생산하는 기업은 소비자가 마음 놓고 쓸 수 있도록 제품을 수돗물처럼 만들어내야 한다고 주장해왔다. 그러나 소비자에게 좋은 제품을 저렴한 가격으로 제공하는 것 못지않게 중요한 기업의 또 한 가지 책무가 있다. 바로 환경을 생각하는 자세다.

　특히 생산하는 제품이 환경에 미치는 영향이 클수록 기업 스스로 환경을 먼저 생각하지 않으면 언젠가는 반드시 소비자로부터 외면당하는 것은 물론 기업인과 그 후손의 생명마저 위협하게 될 것이라고 믿는다.

　합성세제를 생산하는 기업의 최고책임자로서 내가 무엇보다 신경 썼던 부분도 환경이다. 합성세제가 세척력도 높고 편리한 반면 하수구를 통해 흘러나갔을 때 수질을 오염시킬 수 있다는 경각심 때문이었다. 특히 내가 화학도 출신인 까닭에 세제 오염에 대한 경각심은 더욱 높았다.

어느 기업보다 먼저 저공해세제 개발에 관심을 가진 것도 이 때문이었다. 그리고 저공해세제인 AOS 개발에 성공해 국내 세제관련업체들에 공급함으로써 우리나라의 저공해세제 시대를 열기도 했다. 하수구로 흘러든 후 이틀 정도면 모두 분해될 정도로 오염도를 대폭 낮춘 세제원료였다.

그런데 1991년 우리나라 역사상 최악의 식수오염 사건으로 꼽히는 낙동강 페놀사태가 터졌다. 환경오염은 곧 생명과 직결된다는 사회적 위기의식이 팽배하면서 환경문제에 대한 관심이 고조되기 시작했다. 그 와중에 직격탄을 맞은 곳이 바로 합성세제 업계였다.

신문에서는 연일 '시민단체가 합성세제 안사고 안쓰기 운동 나서' '3000억 시장에 공해 회오리' '무공해세제 쓰기 본격 전개' '중금속 샴푸 쓰지 말고 만들지 말자 소비자단체 등 불매 나서' 등과 같은 자극적인 기사를 쏟아냈고 소비자들은 불매운동과 '천연세제 만들어 쓰기' 대열에 동참했다.

당장 매출이 떨어지는 것도 문제였지만 저공해세제를 개발해가며 환경문제에 책임감을 느끼고 있던 우리 회사까지 졸지에 환경오염의 주범으로 매도당하는 것이 억울하기도 했다. 그러나 소비자들이 환경문제에 높은 관심을 갖게 됐다는 것 또한 소비자의 눈높이가 달라졌다는 의미였다. 누구보다 먼저 친환경 경영에 관심을 갖고 친환경제품을 개발해오기는 했지만 환경문제에 더 큰 경각심을 갖고 보다 더 환경친화적인 제품을 개발하는 기회로 삼기로 했다. 소비자가 합성세제에 불안을 느낀다면 그 불안을 해소해야 할 책임 또한 합성세제 제조업체에 있다고 생각했다.

그때부터 모든 제품을 친환경제품으로 바꿨다. 그리고 친환경제품이라고 해서 소비자가 비용을 더 지불하지 않도록 저공해세제를 대중화하고 고농축 등의 방법으로 세제사용량을 최소화할 수 있도록 노력했다. 기존 세제의 3분의 1 분량으로도 같은 세척효과를 낼 수 있는 분말세탁세제 '퍼펙트'를 출시한 것이 대표적이었다.

그리고 환경오염의 원인이자 비용낭비의 전형이었던 과대포장을 과감하게 줄였다. 묶음포장 기획세트의 경우 비닐포장을 없애고 생산공정 단계에서 낱개의 제품을 서로 붙이는 실링방식을 도입했다. 덤으로 끼워주는 상품의 불필요한 포장도 줄이기 위해 덤으로 제공하는 양만큼을 본 제품에 추가하는 방식을 채택했다. 이를 통해 포장재 비용뿐 아니라 인건비도 절감하는 효과를 톡톡히 봤고 무엇보다 환경경영을 실천하는 기업이라는 자부심은 돈으로 환산할 수 없을 만큼의 가치를 창출하고 있다.

2000년에는 제품을 개발하는 단계부터 원료생산, 제품생산, 사용, 폐기 및 단계별 운송 등에 이르기까지 전 과정에 걸쳐 환경에 미치는 영향을 평가해 개선해나가는 환경경영 기법을 도입했다. 그리고 2004년부터는 환경보고서를 작성하고 회사 전체에 환경경영 시스템을 구축하기도 했다.

이렇게 환경경영을 실천하려고 세심하게 신경 쓴 결과 대전공장은 2006년 환경친화기업으로 지정된 데 이어 제1회 '국가환경경영대상' 청정생산 분야에서 산업자원부 장관상(현 지식경제부 장관상)을 수상하는 영예를 안았다. 그러나 협력사의 동참 없이는 완벽한 환경경영이 실현될 수 없다는 판단으로 2007년부터는 협력사와도 '그린 파트너십 자발적 협약'을 체결하고 있다. 애경이 지향하는 청정생산 공정과 환경경영 기법을 협력사와도 공유해 제품이 생산돼 수명을 다할 때까지 어느 단계에서도 환경에 해를 미치지 않게 하기 위함이었다.

청양공장에 공단을 조성하면서도 내가 가장 중요하게 생각했던 것이 환경이다. 청정지역 청양의 환경을 오염시키지 않기 위해 자체 폐수처리장과 첨단소각로 등 최첨단 환경관리 설비를 완비해 공장배출수에서도 물고기가 살 수 있을 정도로 철저하게 관리했다.

저공해세제 원료인 AOS 개발을 시작으로 세제 사용량 감축을 위한 고농축 세제 개발, 포장재 줄이기, 그린 파트너십 협약 등을 실천함으로써 환경경영에 앞장서온 애경은 이제 지구온난화의 원인이 되는 탄소배출량 규제에도 최선을 다하고 있다.

그리고 매출액의 일부를 환경을 지키는 데 쓰겠다는 내 오랜 생각을 2010년 '장영신 환경기금' 조성을 통해 구체화해나가고 있다. 애경의 친환경제품 수익금 가운데 일정액을 적립해 환경을 지키고 지구를 살리는 데 쓸 계획이다.

과거의 소비자가 싸고 품질만 좋으면 제품을 선택하는 구매방식을 보였다면 21세기의 소비자는 건강과 환경을 최우선으로 생각하기 시작했다. 아무리 제품이 좋아도 자신의 소비로 인해 건강과 환경에 해가 된다는 판단이 들면 기꺼이 소비를 포기하는 이들이 늘고 있는 것이다.

따라서 미래의 소비자를 만족시킬 수 있는 기업은 수동적으로 환경규제에 대처하는 기업이 아니라 전 지구인의 생존을 위협하는 지구온난화와 수질오염, 토양오염 등의 환경문제를 자신의 사회적 책임으로 인지하고 그 책임을 다하려는 기업이 될 수밖에 없다.

그리고 무엇보다 지구온난화와 같은 기후변화 문제로 심각하게 위협받고 있는 인류의 미래를 생각할 때 기업의 환경경영은 인류와 더불어 지속적인 성장을 가능케 하는 유일무이한 생존전략일 수밖에 없다는 생각이 든다.

사회적 책임을 생각하는
리더가 돼라

　세상에는 성공한 리더는 많아도 존경받는 리더는 드문 것 같다. 성공한 리더는 단순히 부러움과 질시의 대상이 되지만 존경받는 리더는 감동을 주고 동기를 부여한다는 점에서 사회적으로 미치는 영향력이 훨씬 크다고 생각한다.

　그렇다면 성공한 리더와 존경받는 리더를 가르는 기준은 무엇일까. 나는 첫 번째 기준이 성공에 이른 과정의 차이라고 생각한다. 올바른 가치관과 노력으로, 그리고 정정당당한 방법으로 그 자리에 이르렀다면 존경받아 마땅하지만 아무리 큰 성공을 거뒀더라도 과정이 정당하지 못하면 존경의 대상이 되지 못하는 법이다.

　두 번째 기준은 성공이 미치는 사회적 영향력이다. 우리는 단순히 돈이 많거나 높은 직위에 오른 사람을 부러워는 할지언정 존경하지는 않는다. 그러나 돈을 많이 벌어 사회발전에 기여하거나 높은 직위에서 다른 사람의 행복을 위해 노력한다면 그 또한 존경의 대상이 된다.

세 번째 기준은 성공의 열매를 사회와 나누려는 자세라고 생각한다. 빌 게이츠나 워런 버핏이 그저 성공한 사업가, 세계 최고의 부자에 머물지 않고 존경받는 인물이 될 수 있었던 것도 부를 축적하기보다 자선사업을 통해 사회와 나누는 데 더 많은 노력을 기울였기 때문이다.

언젠가 우리나라 국민은 기업인을 별로 존경하지 않는다는 얘기를 들은 기억이 있다. 또 전 세계에서 기업인에 대한 부정적인 인식이 한국보다 높은 나라가 드물다고도 한다. 이런 얘기를 들을 때마다 기업인의 한 사람으로 참담한 기분이 들곤 한다.

우리나라에서 기업인에 대한 인식이 유독 좋지 않은 이유는 우리나라 기업인들만의 잘못은 아니라고 생각한다. 우리나라 사람들은 사농공상(士農工商)으로 신분을 차별하던 유교적 잔재가 남아 있어서인지 속으로는 물질적 욕구가 강하면서도 겉으로는 돈 버는 일을 천하게 보는 모순적인 태도를 보이는 경향이 있다. 과거보다 많이 나아졌다고는 하지만 학자는 존경해도 장사하는 기업인은 그리 존경할 만한 대상이 되지 못한다는 의식이 여전히 잠재하고 있다.

물론 기업인들의 잘못도 부정할 수는 없다. 기업을 운영하는 과정에서 일부 기업인들이 과욕을 부리거나 판단을 잘못해 건전하지 못한 방법으로 기업을 경영한 예가 있는 것은 사실이기 때문이다. 그러나 나는 일부 기업인의 과오를 지나치게 부각해 전체 기업인의 노력과 공로마저 가리는 것은 지극히 부당할 뿐 아니라 기업인의 사기를 꺾는 일이라고 생각한다.

우리나라에는 정도경영과 윤리경영을 실천하며 정정당당하게 기업을 키워낸 기업인이 훨씬 많다. 사람들은 불법과 편법으로도 얼마든지 기업을 성공시킬 수 있는 것으로 오해하곤 하지만 사회적 규범과 상식으로부터 벗어난 이윤추구나 기업활동은 기업의 지속적인 성장 자체를 불가능하게 만드는 요인이 된다. 언젠가는 드러날 수밖에 없고 기업의 이미지를 악화시켜 시장에서 살아남을 수 없기 때문이다. 따라서 지속적으로 성장해나가는 기업은 창의력과 성실함을 기반으로 정당하게 경쟁하는 기업이라고 할 수 있다.

그리고 기업의 성공만큼 사회에 미치는 영향력이 강력한 것도 없다. 자원도 없고 국토도 좁은 우리나라가 오늘날 경제력에서 세계 10위권 대를 기록하게 된 것은 모두 기업인들이 물불 가리지 않고 열심히 뛰어 기업을 성장시킨 결과다. 기업인치고 기업의 성장보다 일신상의 안위와 행복을 먼저 추구하는 사람은 아무도 없다. 기업의 성장이 곧 나라발전에 기여하는 길이라는 사명감으로 누구보다 열심히 일하는 사람들이 바로 기업인들이다. 그래서 나는 모든 기업인은 기본적으로 애국자라고 생각한다.

그러므로 기업과 기업인의 존재를 부정하는 것은 곧 우리나라의 경제력을 부정하는 것과 같다고 본다. 나라의 경제력은 기업으로부터 나오기 때문이다. 더구나 현대사회는 점차 경제가 모든 것을 결정짓는 구조로 변화하고 있다. 경제적 뒷받침이 없는 외교나 국방은 사상 누각에 불과하고 평화도 경제력이 있어야 지킬 수 있는 시대가 되었다. 세계의 패권국가로 군림하던 미국이 점차 중국에 그 주도권을 내주고 있는 것도 미국의 경제력은 약화되는 대신 중국의 경제력은 강력해지고 있는 배경과 무관치 않다.

성공의 열매를 사회와 나누려는 사회공헌활동 또한 최근 많은 기업의 경영방침으로 자리잡아가고 있다. 과거에는 기업의 사회공헌활동이라고 해봐야 생색내기용 봉사활동이나 단발적인 기부활동에 그치는 예가 많았지만 체계적이고 지속적인 사회공헌활동에 나서는 기업이 꾸준히 증가하고 있다.

복지재단, 장학재단 등을 설립해 어려운 이웃을 지속적으로 지원하는 활동이 대표적인 예라고 할 수 있다. 이미 많은 기업이 나눔경영을 실천하려는 의지를 보이고 있으며 우리도 오래전부터 행복경영, 나눔경영, 환경경영을 회사가 추구해야 할 중요한 가치로 정해두고 있다.

이렇게 우리나라 기업과 기업인들의 역할과 노력을 생각해보면 우리나라 기업인들이 굳이 존경받지 못할 이유는 없다는 생각이 든다. 기업을 정직하고 성실하게 경영해 국가발전의 원동력으로 만든 기업인이 대부분이고 사회적 책임도 다하려고 노력하고 있기 때문이다.

물론 존경받는 기업과 기업인이 되려면 지금보다 더 노력해야 하는 것은 분명한 사실이다. 대부분의 기업이 정당한 방법으로 이윤을 창출하고 기업을 운영한다고 해도 어느 일각에서 기업비리가 터지거나 하면 기업인 전체의 이미지에 먹칠하는 결과를 낳을 수 있다.

따라서 어느 기업이든 정도경영과 윤리경영의 원칙만큼은 반드시 지켜야 한다. 또 이윤을 사회와 나누려는 의지를 보다 적극적으로 실천할 필요도 있다. 많은 기업이 최선을 다하고는 있지만 아직도 부족하다는 인식이 많기 때문이다.

그러나 기업인들이 아무리 노력해도 돈 버는 일을 경시하는 국민의 인식이 바뀌지 않는다면 기업과 기업인의 가치는 영원히 저평가될 수밖에 없다. 기업인들의 노력을 믿어주고 인정해주며 지지해줄 때 우리나라 기업도 더 많은 이윤을 창출해 사회와 더 많이 나누게 될 것이다.

경영인은 회사를 소유하는 사람이 아닌 책임지는 사람

두렵고 떨리는 마음을 오기로 버텨내며 경영에 첫발을 디딘 것이 벌써 38년 전의 일이다. 남편의 유지를 잇겠다는 각오만으로 겁도 없이 뛰어든 무모함에 비하면 애경의 운영자로서, 우리나라 최초의 여성경영인으로서 이만하면 후회도 미련도 없는 삶을 살아왔다는 생각이 든다. 그리고 2005년 이후에는 경영에서 손을 떼고 30여 년 만에 처음 '삶의 여유'를 즐길 수 있게 되었다.

애경이 기반을 잡고 내 나이가 50대를 넘기면서부터 내가 줄곧 고민했던 것이 회사의 후계문제였다. 유한한 생을 사는 인간인 내가 언제까지나 회사를 책임질 수는 없는 일이었다. 회사를 위해 최선을 다하고픈 열정이야 변함이 없겠지만 언젠가는 몸과 머리가 따라주지 않을 것이고 둔해진 몸과 굳어진 머리로 회사를 계속 이끌고 간다는 것은 회사의 미래를 위해 결코 바람직한 일이 아니었다.

처음 경영을 시작할 때는 남편에게서 아이들에게로 회사지분이 승계됐으니 내 후계는 당연히 아이들이라고 생각했었다. 그러나 경영을 이해하게 되면서부터 회사는 어느 누군가의 소유가 될 수 없다는 사실을 깨달았다. 직원 하나하나의 주인의식과 노력이 뒷받침되지 않고는 회사의 운영 자체가 불가능하고 회사가 잘못되면 그것은 주주들뿐 아니라 직원과 그 가족 모두에게도 불행한 일이요 나라에도 죄를 짓는 일이었다.

따라서 경영인은 회사를 소유하는 사람이 아니라 회사를 책임질 수 있는 사람이어야 했다. 그 책임이 얼마나 무거운지, 얼마나 스스로를 희생해야 하는지 누구보다 잘 아는 사람으로서 회사의 운명을 짊어질 막중한 자리를 창업주의 후손이라고 해서, 대주주라고 해서 함부로 물려줄 수는 없었다.

실제 잘 성장해나가던 기업이 2세, 3세로 경영권이 승계되면서 부실해지고 기업의 입지마저 흔들리는 사례를 접할 때면 나는 그처럼 위험하고 무책임한 선택을 하지 않겠다고 결심했다.

내 결심에 대해서는 일찌감치 자식들에게도 일러둔 터였다. "애경은 우리 가족만의 회사가 아니므로 능력이 검증되지 않는다면 누구에게도 경영권을 승계하지 않겠다"고 여러 차례 강조했고 아이들도 당연한 일로 받아들였다. 물론 나는 올바른 가치관과 능력을 겸비하고 있다면 회사의 대주주가 경영권을 승계하는 것이 오히려 바람직한 일이라고 생각한다. 회사의 창업정신과 경영철학을 누구보다 잘 이해하는 사람일 수 있고 그렇기에 더욱 강한 책임감으로 회사에 투신할 수 있다고 믿기 때문이다. 사실 2세, 3세 경영이 실패한 사례도 많지만 선대로부터 물려받은 남다른 창의력과 책임감으로 회사를 훌륭하게 성장시킨 사례도 많았으므로 경영권 세습을 굳이 부정적으로만 볼 것도 아니었다.

문제는 누구에게 후계를 물려주느냐가 아니라 얼마나 유능하고 책임감 있는 사람에게 회사의 미래를 맡기는지에 있었다. 장남(채형석 애경그룹 총괄부회장)이 1985년 보스턴대학교에서 경영학석사(MBA)를 마치고 귀국해 회사일을 돕겠다고 했을 때 나는 생산부 사원으로 입사시켰다. 제조업의 심장인 생산현장의 중요성을 깨닫는 것이 제조업체의 경영자가 갖춰야 할 기본적인 자질이라고 여겼기 때문이다. 그렇게 직접 생산현장을 체험하게 하고는 다시 영업부와 마케팅부에서 영업 실무와 마케팅 실무를 익히도록 했다.

경영권 승계를 목적으로 경영수업을 시킨다는 의미보다는 회사를 믿고 맡길 만한 역량을 갖췄는지 판단하기 위한 과정이었다. 어떤 일을 맡기든 최선을 다해 안심할 만한 성과를 내놓는 장남을 보다 큰 시험대에 세운 것이 영등포공장 부지를 이용해 새로운 사업을 구상해보라고 지시한 일이었다.

창고로만 쓰이던 영등포공장 부지를 맡기며 1987년 장남을 애경유지 대표이사에 취임시키자 주변에서는 '애경이 본격적인 2세 경영체

제로 접어든 것 아니냐'며 후계구도를 점치는 예상이 난무했다. 그러
나 그 또한 역량을 시험하는 과정이었을 뿐 아들이든 전문경영인이
든 유능하고 책임감 있는 사람에게 애경의 미래를 맡긴다는 내 결심
에는 변함이 없었다.

그렇게 장남이 대표이사로, 차남(채동석 · 현 애경그룹 유통 · 부동산개발
부문 부회장)이 이사로 참여해 결실을 본 것이 바로 애경백화점이었다.
내가 경영을 책임지고 있을 당시였으니 물심양면으로 지원하기는 했
지만 기획부터 마무리까지 온전히 두 아들이 책임지고 해낸 일이었
다. 그리고 애경백화점이 개점식을 하던 날, 나는 아들의 연설을 들
으며 아버지가 남긴 땅에서 아들의 첫 역량을 시험한 것이 참으로 의
미 있는 일이었음을 가슴 깊이 깨달았다.

"여기는 아버지가 남긴 땅입니다. 이 백화점을 아버지께 바칩니다."

아들의 이 한마디에서 나는 아버지의 소중한 창업정신을 기억하려
는 진심을 읽었다. 아버지가 사업의 터전을 일궜던 그 자리가 우리
가족에게, 그리고 애경에게 어떤 의미인지 잘 아는 아이들이라면 회
사에 대한 애정과 책임감도 남다를 것이라고 생각했다.

그날 저녁 집에 돌아와서야 나는 발톱이 빠져 있는 큰아들의 발과
온통 물집이 잡힌 작은아들의 발을 발견했다. 내 기대를 저버리지 않
기 위해, 그리고 제조업에서 유통업으로 사업을 확장하는 회사의 대
변혁을 성공시키기 위해 얼마나 혼신의 노력을 다했을지 두 아들의
발이 고스란히 증명하고 있었다.

이후 백화점을 운영하는 과정을 통해 자식들에게 경영능력이 있는 지를 꾸준히 관찰했다. 평소 엄마가 최선을 다해 사는 모습을 보여주는 것이 최고의 교육이라고 생각해 특별히 가르치려 든 적도 없고 잔소리를 해본 적도 없었는데 아이들의 경영방식은 어느새 나를 꼭 닮아 있었다.

화려한 백화점을 운영하면서도 공장부지에 그대로 남아 있던 좁고 허름한 사무실에서 불평 한마디 없이 집무를 보는 모습에서도, 정기세일처럼 큰 행사가 있을 때면 직접 주차안내를 맡을 정도로 몸 사리지 않고 열정적으로 일하는 모습에서도 "경영자는 책임은 최대한으로 지고 권력은 최소한으로 누려야 한다"는 내 경영철학이 그대로 투영돼 있었다.

자식들의 역량이 거듭 검증되면서 후계문제를 둘러싼 내 오랜 고민도 끝이 났다. 아이들이 모두 경영에 참여함으로써 회사를 이끌어갈 후계구도가 확정된 셈이다. 그리고 회사의 유통사업 진출, 항공사업 진출 등을 모두 성공시키며 든든하고 유능한 후계구도임이 증명되기도 했다.

경영 일선에서 물러난 이후 그룹회장 자격으로 회사에 출근은 하고 있지만 나는 경영에서부터 인사권에 이르기까지 어떠한 관여도 하지 않고 있다. 일선에서 물러난 사람이 간섭하기 시작하면 현 경영진의 자율성을 침해하는 것일 뿐 아니라 진정한 은퇴라고도 할 수 없기 때문이다. 내가 관여하지 않아도 될 정도로 든든한 후계구도를 마련해

두고 물러났으니 그것으로 내 역할은 다했다고 생각한다.

이제 나의 시대 또한 역사가 될 것이다. 나는 그 역사가 단순히 고도성장의 역사로만 기억되기를 원치 않는다. 애경과 생사고락을 함께한 지난 30여 년은 우리나라 토종기업 생존의 역사였고 직원과 경영진의 연대의 역사였으며 여성에 대한 편견과 왜곡을 이겨내고자 노력한 여성인력 발굴의 역사였다. 또한 기업의 사회적 소명의식을 깨닫고 그 책임에 최선을 다해온 역사이기도 했다.

애경이 앞으로 어떤 역사를 개척해나갈지 알 수 없으나 나는 애경의 정체성만큼은 영원하기를 희망한다. 세계무대에서 한국기업의 위상과 자존심을 지켜나가는 기업, 직원과 경영진의 공동운명체 정신이 살아 있는 기업, 그리고 여성인력에 대한 편견 없이 누구에게나 공평하게 기회를 주고 사회적 가치실현에 최선을 다하는 기업. 그래서 '애경'이라는 이름만으로도 국민의 자부심이 되고 신뢰의 대상이 되는 그런 역사가 영원히 지속되기를 바란다.